버지니아 울프의 정원

Virginia Woolf's Garden

버지니아 울프의 정원
Virginia Woolf's Garden

몽크스 하우스의 정원 이야기

캐럴라인 줍 지음 | 메이 옮김 | 캐럴라인 아버 사진

봄날의책

몽크스 하우스의
정원을 가꾸느라 애쓴 모든 이에게,
특히 남편 조너선에게 이 책을 바친다.
- 캐럴라인 줍

정원을 사랑하고
가꿀 줄 아는 사람인
남편 밥에게 바친다.
- 캐럴라인 아버

VIRGINIA WOOLF'S GARDEN:
The Story of the Garden at Monk's House
by Caroline Zoob

© Quarto Publishing plc, 2013
Text © 2013 Caroline Zoob
Photography © 2013 Caroline Arber
Design, layout and artwork © 2013 Jacqui Small
Garden embroideries © 2013 Caroline Zoob
First Published in 2013 by Jacqui Small,
an imprint of The Quarto Group.
All rights reserved.
This Korean edition was published by Springday's Book
in 2020 by arrangement with Quarto Publishing Group
through KCC(Korea Copyright Center Inc.), Seoul.

이 책은 (주)한국저작권센터(KCC)를 통한 저작권자와의
독점계약으로 봄날의책에서 출간되었습니다.
저작권법에 의해 한국 내에서 보호를 받는 저작물이므로
무단전재와 복제를 금합니다.

일러두기

• 식물명 번역은 국립수목원에서 발간한
  《국가표준재배식물목록》(2016)과
  《국가표준식물목록》(2017)을 참조하였다.
• [ ]은 옮긴이가 덧붙인 것이다.

서문

다사다난했던 칠십 몇 년의 기억을 거슬러 올라가본다. 제2차 세계대전 전의
학창 시절, 나는 내 큰아버지 내외인 레너드 울프, 버지니아 울프와 함께 몽크스
하우스에서 지내는 즐거움을 누렸다. 레너드 울프는 내 아버지의 형이다.
그 멋진 집과 정원에서 처음으로 주말을 보낸 건 1936년경이었을 것이다.
몽크스 하우스에 도착해서 삐걱거리는 나무 출입문을 밀어젖혔을 때의
광경을 나는 아직도 마음속에 그릴 수 있다. 문 여는 소리에 개들이 신나서
집 끝부분까지 쭉 이어져 있는 벽돌길을 따라 달려 내려왔고, 레너드는 아마
온실에서 나를 맞으러 나왔을 것이다. 큰아버지는 따뜻한 미소를 지으며 내 손을
꽉 잡고 악수했다. 당시 예순에 가까웠던 레너드는 보통 키에 호리호리하며
햇볕에 그을렸고 헝클어진 회색 머리를 하고 있었다. 눈동자는 회색이었으며
얼굴엔 깊게 주름이 파여 있었다. 앞으로 내민 그의 길고 마른 얼굴은 깎아놓은
것 같았다. 옆모습이 마치 파이프 담배를 물고 있는 구약성서의 선지자처럼
보였다. 레너드는 몹시 낡은 코르덴바지를 입고 거친 질감의 트위드 천으로 된
해진 웃옷을 걸쳤으며 좋은 가죽으로 만든 신발을 신었다. 어깨에는 조그만
원숭이가 앉아 있었다. '밋지'라는 이름의 마모셋원숭이다. 버지니아는 개들이
짖는 소리에 자신의 작은 글쓰기 오두막에서 나와 풀밭을 가로질러 걸어온다.
기억 속 그 작은 에덴동산을 제대로 설명하려면 원예에 관한 말이 잔뜩 나오는
서사시를 써야 할 것인데, 나는 시라면 자신 없지만 정원에 관해선 꽤 잘 안다.
레너드와 버지니아에겐 아이가 없었다. 책과 정원이 두 사람의 자녀였다. 내가
기억하는 정원은 불가피하게 다소 인상파적이었다. 처음으로 그곳을 방문하기
20여 년 전, 두 사람은 몽크스 하우스와 그 뒤편의 잡초가 무성한 땅을 샀고
거기에 정원을 만들어냈다. 여러 색깔의 시네라리아, 흰색과 불타는 듯한
주황색의 커다란 백합, 다알리아, 카네이션, 가지각색의 니포피아 등등 화사한
꽃들이 채소, 구스베리 나무, 배나무, 사과나무, 무화과나무와 어우러져 눈부신
모자이크 작품을 이뤘다. 잔디밭 여기저기에는 금붕어가 헤엄치는 연못들이
있었고, 꽃밭과 과수원 옆에는 벌집과 정원 온실들이 있었다. 그 온실에서
레너드는 갖가지 종류의 선인장과 다육식물을 키웠다.
버지니아의 가까운 친구 비타 색빌-웨스트가 창조한 시싱허스트성의 웅장하고
격식 있는 정원과 달리, 울프 부부의 정원은 자연스러웠고 기분 좋게
편안했으며 남의 눈을 덜 신경 썼다. 몽크스 하우스의 정원은 공동 작업의
결과다. 정원을 가꾸는 데 주역을 맡아서 가장 크게 기여한 사람은 레너드지만,
버지니아가 쓴 책과 일기를 보면 정원과 녹지가 버지니아의 삶에서 중요한

몽크스 하우스 정원에 있는
버지니아와 레너드 울프.
1920년대 중반에
비타 색빌-웨스트가 찍은
사진이다.

역할을 했다는 사실도 명확하다. 버지니아는 몽크스 하우스의 정원을 사랑했고,
내가 분명히 기억하는데, 그 황홀한 장소를 만들기 위해 여러 가지 일을 맡아서
했다.

내가 몽크스 하우스에 머물 즈음엔 레너드는 원예 전문가가 되어 있었다. 원예를
향한 관심은 그가 식민지 관료로 실론[스리랑카]에서 보낸 7년 동안 자라난 게
아닐까 한다. 그리고 그런 관심은 삶의 막바지까지도 계속됐다. 여든이 넘어서도
레너드는 여전히 정열적이고 정력적으로 정원을 가꿨다.

정원 가꾸기는 그 자체로도 즐거운 일이었지만, 두 사람이 런던에서 일하며 보낸
한 주 후에 긴장을 푸는 방법이기도 했다. 버지니아는 작가이자 출판업자였고
블룸즈버리 그룹의 중심인물이었으며, 레너드는 출판업자이고 작가이며
편집자였다. 서식스 다운스[잉글랜드 남부의 구릉지대]가 내려다보이는 이곳에서
두 사람은 친구들과 시간을 보내고 수다를 떨었으며 (엄청나게 수다를 떨었다)
잔디볼링을 했다.

이 책의 사진을 넘기면서 전쟁 전과 후에, 그리고 버지니아의 사후에 그곳을
방문했던 옛날 기억이 다시 떠올랐다. 또한 오랫동안 방치되었던 정원을
레너드와 버지니아가 애정을 가득 담아 돌보던 때처럼 되돌리는 데 들어간 모든
수고를 생각했다.

세실 울프
2013년 2월

"한 사람에게, 또한 한 사람이 살아가는 방식에 가장 깊숙하고도 영구히 영향을 미치는 것은 바로 집이다. 집은 하루하루와 매 시간 매 순간의 특질을 결정하고, 삶의 색채, 분위기, 속도를 결정한다. 나아가 한 사람이 하는 일, 할 수 있는 일, 인간관계의 틀이 된다."[1] 레너드 울프

머리말

잉글랜드 서식스에 있는 마을 로드멜은 "다운스 아래 박혀 있"[2]다. 마을 북쪽 끝에는 외벽에 비막이 널을 댔으며 돌담 너머로 길거리와 맞닿아 있는 길쭉한 집이 하나 있다. 18세기 초 장원재판소의 토지대장에서 처음으로 언급되는 이 집은 오랫동안 목수와 제분업자들이 주인이었다가, 1919년 7월 1일 경매에서 레너드 시드니 울프 씨에게 팔린다.

이 집 뒤편에 있는 정원 이야기가 이 책의 주제다. 커다란 정원은 아니다. 돌담과 주목 산울타리로 가려져 있고 과수원 위로 세인트 피터스 교회의 회색 첨탑이 솟아 있는 이 정원은 유서 깊은 장소다. 바로 몽크스 하우스가 20세기 문학계의 가장 중요한 두 인물인 버지니아 울프와 남편 레너드 울프의 시골집이었기 때문이다. 몽크스 하우스 정원이 버지니아의 인생에서 유일한 정원은 아니다. 어린 시절 버지니아는 콘월의 도시 세인트아이브스에 있는 탤런드 하우스에서 휴가를 보냈으며, 그곳 정원은 그에게 가장 중요한 기억을 담은 원천과도 같은 장소가 되었다. 한편 몽크스 하우스 정원은 버지니아의 작가로서의 삶에서 의미 깊은 곳이다. 22년 동안 그는 과수원 한쪽에 있는 글쓰기 오두막에서 자신의 소설 대부분을 썼다. 평생 동안 버지니아를 따라다닌 질병과 우울증 시기에 정원에서 얻은 깊은 평화와 전원생활의 조용한 일상은 그의 마음을 가라앉혔다. 건강한 몸 상태로 집필 작업을 하는 시기에 정원은 영감의 원천이 됐다. 글쓰기 오두막에 가기 위해 매일 아침 정원을 가로질러 걷는 일은 그의 글쓰기 일과에서 중요한 부분이었다.

1941년 버지니아가 강으로 걸어 들어가 자살한 후 레너드 울프는 1969년 세상을 뜰 때까지 몽크스 하우스에 남는다. 그곳에서 지낸 반세기 동안 레너드는 앞서 서문에서 세실 울프가 지금도 너무나 생생하게 기억하는 정원을 창조했다.

나는 남편 조너선과 함께 내셔널트러스트의 세입자로 몽크스 하우스에서 10년 넘게 살았다. 내셔널트러스트는 1980년 이후로 몽크스 하우스를 소유, 관리하고 있다. 우리는 이전 세입자들과 마찬가지로 정원에 꽃과 나무를 심고 가꾸었으며, 1년 중 7개월 동안 일주일에 두 번씩 오후에 집을 개방했다. 1919년에 울프 부부가 그러했듯 우리도 정원을 가꿔본 경험은 거의 없었지만 열정만은 넘쳤다. 지금까지 울프 부부의 삶은 거의 모든 각도에서 다루어졌고 너무도 많은 글이 나왔기에 새로 무언가를

(옆 페이지) 이 사진은 몽크스 하우스의 정원 안에 있다는 게 어떤 느낌인지 전해준다. 무성한 나뭇잎들이 만든 터널 사이로 나 있는 벽돌길이 마치 이어진 다음 정원 공간으로 와보라고 손짓하는 것 같다. 늙은 배나무는 클레마티스 몬타나가 올라타 자라나는 받침대가 된 지 오래다. 그 아래에는 시베리아붓꽃 '로열 블루'와 아주 비슷한 붓꽃이 있고, 비잔틴글라디올러스가 하늘하늘한 알케밀라 몰리스와 어우러져 있다.

(옆 페이지) 몽크스 하우스의 정원엔 구석진 공간이 많다. 이곳은 그중 내가 가장 좋아하는 곳으로, 부엌으로 내려가는 가파른 계단 바로 옆에 있다. 우리는 사진에 보이는 소엽털개회나무 '수페르바'를 2000년에 심었다. 한 해에 두 번씩 개화하고, 꽃꽂이할 때 쓰일 멋진 나뭇잎을 제공해주는 이 작은 나무는 키우는 보람이 크다.

(위) 우리는 정원에서 딴 과일을 언제나 식탁 위 투박한 그릇 안에 놓았다. 이 노랗고 통통한 모과는 우리가 2001년에 심은 나무에서 난 것이다. 식탁 의자를 장식한 태피스트리는 울프 부부의 친구 덩컨 그랜트의 어머니인 바틀 그랜트의 작품으로, 늑대 머리 문양을 짜 넣었다. 가까운 친구들 사이에서 울프 부부(the Woolfs)는 [늑대(wolves)와 비슷한 발음인] '더 울브즈(the Woolves)'로 통했다.

더한다는 게 불가능해 보인다. 이 책에 나온 자료 중 일부는 좀 더 학술적인 다른 책들에도 쓰인 것이지만, 그럼에도 이 책은 처음으로 몽크스 하우스의 정원을 무대 중앙으로 올린다. 텍스트와 캐럴라인 아버의 사진 모두 정원을 중심 소재로 한다. 나의 친구인 아버는 우리가 몽크스 하우스에 살던 시절에 자주 방문했다. 이 책은 울프 부부가 몽크스 하우스를 발견한 1919년부터 현재까지 그곳 정원이 어떻게 변화해왔는지를 여섯 장에 걸쳐 이야기한다. 울프 부부의 삶에 관한 정보도 함께 나오며, 각 절의 끝부분에서는 여러 정원 공간을 상세히 묘사한다. 버지니아와 레너드는 그곳에 "살았던 사람들이 조용히 이어지고 있"[3]다는 생각에 매혹되었다. 두 사람은 그동안 몽크스 하우스에 살았던 사람들 모두가 이 집과 정원의 "고요한 분위기"[4]를 만들어내는 데 조금씩 기여했으며 이 집의 역사와 하나가 되었다고 믿었다. 이 같은 감각은 집과 정원이 오랜 시간 후에도 크게 변하지 않아서 더 커진다. 만일 몽크스 하우스가 1969년 시장에 나왔을 때 팔렸다면 지금쯤 그곳은 도려내지고 갈려나가고 개발되어서 형체가 남아 있지 않았을 것이다. 밖으로 복잡하게 드러난 배관과 배선은 묻혔을 것이고, 이 집에 살았던 사람들의 풍성한 역사는 매끄럽게 새로 바른 회반죽 아래 지워졌을 것이다. 이런 일이 일어나는 대신 우리는 이 집에 살면서 울프 부부가 살던 바로 그 공간을 돌아다녔다. 우리는 똑같이 그 낡은 계단을 밟았고, 같은 들보에 머리를 부딪혔고, 무엇보다 매일 커튼을 열어 그 아래 펼쳐진 정원을 봤다. 돼지우리와 헛간의 잔해가 남은 곳에 레너드는 정원 계획을 세웠고, 그의 영감에 따라 만든 정원의 윤곽은 여전히 남아 있다. 우리 시선은 거의 100년 전에 레너드가 만들어놓은 벽돌길을 따라간다.

캐럴라인 줍
저자이자 몽크스 하우스 전 세입자

해 돋을 무렵 헤지호그홀의 발코니에서
찍은 정원 사진. 헤지호그홀은 1938년에
레너드가 다락을 개조해서 만든 좁은
서재다. 버지니아와 레너드가 몽크스
하우스를 샀을 때는 꽃밭도 벽돌길도
없었으며, 사진 앞쪽부터 뒤쪽 교회
앞에 있는 과수원까지는 풀밭이었다.
클레마티스 꽃이 피어 있는 나무
자리에는 작은 세탁장이 있었고,
그 뒤에는 노천 변소가 월계수에
가려져 있었다. 세인트 피터스 교회는
12세기부터 있었다.

세인트 피터스 교회로 이어지는 골목

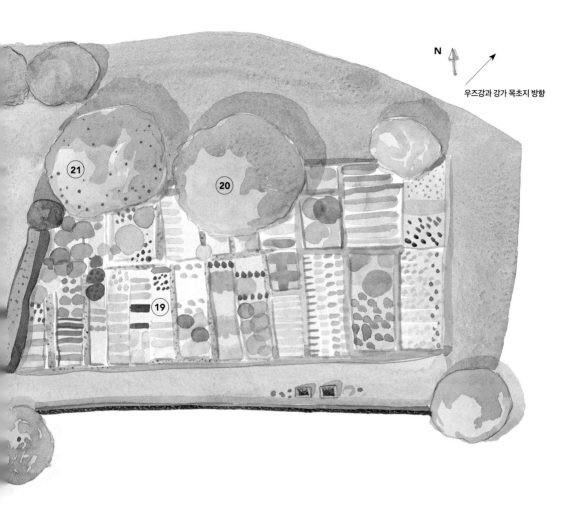

N

우즈강과 강가 목초지 방향

몽크스 하우스의 정원 배치도

1장 몽크스 하우스를 발견하다

1919년은 버지니아 스티븐과 레너드 울프가 결혼한 지 7년째 되던 해다.
당시 둘은 리치먼드에 있는 호가스 하우스와, 묘한 아름다움을 지닌 리전시
양식 빌라인 애셤 하우스를 오가며 지내고 있었다. 호가스 하우스는 울프
부부가 1917년에 호가스 출판사를 시작한 곳이며, 우아한 창문이 달린 애셤
하우스는 우즈 밸리부터 로드멜 마을에 이르는 경관이 내다보이는 곳이었다.
그 몇 년 전 버지니아와 레너드가 낸 각자의 첫 소설은 모두 좋은 평을 받았고,
이제 두 사람은 토머스 스턴스 엘리엇이라는 젊은 미국 시인이 쓴 얇은 시집을
출판하면서 "출판업자로서 피어나고"[1] 있었다. 버지니아는 결혼 초 어두웠던
몇 년 동안 정신적으로 큰 충격을 남긴 신경쇠약과 자살 시도에서 회복하여
두 번째 소설 《밤과 낮》을 막 끝낸 참이었다.

(위) 약혼 기간이었던 1912년의 버지니아 스티븐과 레너드 울프.

(옆 페이지) 오늘날 몽크스 하우스의 외관. 레너드는 1929년에 "장식이 전혀 없이 아주 단순한
참나무"[2] 출입문을 주문한다. '문라이트' 장미가 돌담을 넘어 피어 있다.

(위 왼쪽) 1919년의 부동산 양도증서에 처음으로 몽크스 하우스라는 이름이 나온다. 이름의 유래를 밝혀주는 정확한 자료는 없으며, 이전 거주자 중 몽크스 게이트 마을에 살았던 사람들이 있어서라는 말도 있다. 'Monk's House'일까, 'Monks House'일까? 울프 부부의 편지와 일기를 보면 집 이름에 아포스트로피를 찍기도 하고 안 찍기도 하지만, 주소를 인쇄해놓은 편지지에는 언제나 아포스트로피를 찍은 이름이 나온다. 반면 출입문의 명패에는 아포스트로피가 없다.

(위 오른쪽) 1919년의 몽크스 하우스. 1929년에 레너드는 돌기둥과 기울어진 담을 없애고 나무 울타리를 설치한다.

(옆 페이지) 9월의 과수원. 이곳은 거의 200년 가까이 계속 과수원 터였다.

버지니아 울프는 때마다 시골에 내려가 쉬는 것을 늘 좋아했다. 1910년 루이스의 펠럼 암스에서 크리스마스를 보낼 때 버지니아는 언니에게 보내는 편지에 이렇게 쓴다. "전원생활을 갑자기 엄청나게 좋아하게 됐어. 산책을 나갔다가 돌아와서 차를 마시는 게 좋아. (…) 그리고 벽난로 불을 쬐며 글을 쓰는 거지."[3] 제1차 세계대전이 끝난 후 애셤 하우스의 주인은 울프 부부에게 임대계약을 연장해줄 수 없다는 실망스러운 소식을 전한다. 버지니아는 애셤 하우스의 낭만을 사랑했으며 그 장소에 '깃들기' 시작한 참이었다. 버지니아는 친구들을 초대하고 블랙베리잼을 만들었으며 처음으로 정원도 조금씩 가꿔보고 있었다. 애셤 하우스는 버지니아와 레너드가 서로 가까워진 곳이기도 하다. 두 사람은 처음 유대감을 쌓아가던 시기에 함께 오래도록 산책을 하곤 했는데, 애셤 하우스를 발견한 것도 그렇게 산책하던 중이었다. 1912년 8월 둘은 신혼여행 첫 주를 애셤 하우스에서 보냈다. 1915년 버지니아가 신경쇠약을 일으킨 후 요양 기간 대부분을 보낸 곳도 애셤 하우스로, 레너드와 간호사들과 가까운 친구들이 거기서 버지니아를 돌봤다. 레너드는 앞으로 또 있을지도 모르는 신경쇠약을 피하기 위해서는 조용히 시골에서 지내는 시기가 필요하며 평화로운 일과를 따라야 한다고 확신했다. 이런 이유로 런던 블룸즈버리의 자극 많은 환경이 버지니아의 건강 회복에 좋지 않다고 판단하고, 1915년 런던에서 리치먼드로 사는 곳을 옮긴다. 이제 둘은 새로운 시골집을 찾아봐야 했다.
1919년 레너드가 드물게도 출타 중이었을 때 버지니아는 라운드 하우스라는 집을 보고 반한다. 예전에 제분소의 일부였던 라운드 하우스는 루이스의 좁은 골목 안에 있다. 버지니아는 충동적으로 집을 사겠다고 제안했는데, 이것이 받아들여졌다. 몇 주 후 버지니아와 레너드는 구매한 집을 다시 살펴보려고 루이스를 재방문하는데, 스테이션 스트리트를 걸어 올라가다가 집 경매 벽보를 본다. "로드멜에 있는 몽크스 하우스를 판매하려 함. 땅은 1에이커[약 4,000제곱미터]의 4분의 3 크기이며 가재도구가 딸린 옛날식 집." 레너드가 말했다. "우리한테 딱 맞겠는걸."[4] 이 말에 버지니아는 분명 크게 낙심했을 것이다. 라운드 하우스는 몽크스 하우스와 크게 달랐기 때문이다. 버지니아와

"과수원 사과나무 아래서의 즐거운 산책을
상상해볼 수 있었다. 그곳에선
우리 땅의 경계를 가리키는
회색 교회 첨탑이 보일 것이었다."

버지니아 울프

(위) 녹색 거실 안 벽난로. "성수를 놓기 위한" 아치 모양 벽감이 붙어 있다. 벽감 아래 벽장은 옛날에는 오븐이었다. 19세기 중반 이 집에 살았던 글레이즈브룩 가족이 빵을 구울 때 이 오븐을 사용했다.

레너드가 구입한 품목을 보여주는 매매 증서:

발판 24개짜리 사다리
케일 화분 12개
닭장과 꽃화분 다수
커다란 사과 상자 4개
일등품 외바퀴 손수레
돌로 된 정원용 롤러
쇠스랑, 건초용 쇠스랑,
괭이 2개, 갈퀴, 삽, 원예용 가위

레너드는 담배와 먹을 것을 사러 애셤 하우스에서 잇퍼드 힐을 거쳐 로드멜의 마을 상점까지 걸어 다녔기 때문에 몽크스 하우스를 이미 알고 있었을 수도 있고, 세인트 피터스 교회 묘지 대문에서 시작되는 긴 돌담 너머로 그곳 과수원을 훔쳐봤을 수도 있다. 당시 과수원을 돌본 사람은 나이 든 집주인인 제이컵 베럴로, 그는 아내의 죽음에 애통해하며 곡기를 끊고 서서히 죽어갔다. 라운드 하우스를 두고 레너드가 듣기 좋은 말을 해주긴 했지만, 버지니아는 그가 썩 맘에 들어 하지 않는다는 걸 알 수 있었다. 계절에 맞지 않게 춥고 흐린 날씨가 계속된 주였다. 겨우 몇 주 전엔 별나지만 매력적으로 보였던 라운드 하우스는 이제 작고 갑갑해 보였으며 정원도 없는 것이나 마찬가지였다.

다음 날 버지니아는 찬바람을 맞으며 자전거를 타고 로드멜로 갔다. 이번에는 더 객관적으로 살펴보겠다고 다짐하면서 몽크스 하우스의 단점을 나열해봤다. 그 집의 방들은 작았고 버지니아는 벽난로 양쪽의 아치 모양 벽감의 매력을 깎아내리려고 애쓰면서도 "성수를 놓기 위한"5 곳이라고 낭만화했다. 집에 여러 시설이 부족한 점을 보면서 객관적이고자 했지만, 이런 모든 노력은 "정원의 크기, 모양, 비옥함, 야생미를 보며 느끼는 깊은 즐거움에 자리를 내주고야 말았다. 과일나무가 끝없이 있는 것 같았다. 가지가 처질 정도로 자두가 잔뜩 열려 있었다. 양배추 사이 의외의 곳에서 꽃들이 돋아나고 완두콩, 아티초크, 감자를 심은 이랑도 잘 정돈되어 있었다. 라즈베리 덤불에는 옅은 색 열매가 피라미드 모양으로 열려 있었다. 과수원 사과나무 아래서의 즐거운 산책을 상상해볼 수 있었다. 그곳에선 우리 땅의 경계를 가리키는 회색 교회 첨탑이 보일 것이었다."6

버지니아는 자전거를 타고 집으로 돌아와 흥분을 가라앉히려고 애쓰면서 레너드에게 몽크스 하우스에 갔던 얘기를 해줬다. 다음 날 둘은 함께 집을 보러 갔고, 이번엔 두 사람 모두 그 집에 반한다. 자서전 3권 《다시 시작하기》에서 레너드는 회고한다. "과수원은 아름다웠고 정원은 내가 좋아하는 부류였다. 여러 구역으로 나누어져서 나무, 덤불, 꽃, 채소, 과일, 그리고 까치밥나무 덤불과 양배추와 어우러진 장미와 크로커스가 마치 조각보처럼 정원을 이뤘다."7

1919년 7월 1일 화요일, 화이트 하트 호텔에서 경매가 열렸다. 버지니아는 다른 응찰자들을 훑어봤다. "부유한 티가 나는 이들이 있는지 (…) 살펴봤다. 그래 보이는 사람이 없어서 쾌재를 불렀다." 최종 입찰가 700파운드에 몽크스 하우스는 레너드 시드니 울프 씨의 소유가 되었다. 망치 소리가 울릴 때 버지니아는 "뺨이 자줏빛으로 달아오르고, L[레너드]은 갈대처럼 떨고 있었다".8

"체리, 자두, 배, 무화과가 있고 채소도 많아요. 경고해두는데,
여긴 우리 자랑거리가 될 거예요." 버지니아 울프

몽크스 하우스 매매계약서의 항목 중 하나는 집 물건 경매가 정원에서 열릴
수 있다는 것이었다. 이 경매는 울프 부부도 참석한 가운데 1919년 8월
14일에 열렸다. 커튼 봉, 놋쇠와 철로 된 난로망(지금도 그곳에 있다) 외에 세간
몇 가지가 있었는데, 레너드의 관심은 분명 정원에 쏠려 있었다(옆 페이지
매매증서에 기록된 목록을 보라). 몽크스 하우스를 구입한 직후 버지니아가 쓴
편지와 일기를 보면 그들은 잔뜩 들떠 있다. 〈타임스〉에 아기 출생 소식을
싣는 사람들처럼 두 사람은 흥분해서 친구들에게 집을 샀다고 알린다. "이제
우리 주소는 몽크스 하우스가 될 거예요. (…) 성수를 놓는 벽감이 있고 멋진
벽난로도 있어요. 하지만 가장 중요한 건 정원이지요. 더 말하지는 않을래요.
여기 와서 저랑 풀밭에 앉거나 사과나무 사이를 걷고 과일들을 따보셔야
해요. 체리, 자두, 배, 무화과가 있고 채소도 많아요. 경고해두는데, 여긴 우리
자랑거리가 될 거예요."[9]

2장 입주

1919년 8월 18일 제이컵 베럴의 여동생은 울프 부부에게
몽크스 하우스 열쇠를 남겨둔다. "오라버니는 이 집에
푹 빠져 있었어요. 주변 풍경과 과일에 즐거워했지요.
선생님과 부인께서도 우리 오빠만큼 이 작은 집을
사랑했으면 좋겠습니다"[1]라는 쪽지와 함께였다. 레너드와
버지니아는 추수 후인 9월 1일에 이사한다. 동네 농부가
수레에 울프 부부의 가구와 레너드가 단단히 묶어둔 책과
종이 꾸러미를 싣고 사우시즈의 나무다리를 덜컹거리며
두 번 왔다 갔다 하면서 짐을 옮겨줬다. 이제 집에
자리 잡는 일이 시작됐다.

(위) 오늘날 부엌 한쪽 구석의 모습. 사진 왼편에 보이는 벽감 안에 화덕이 있었을 것이다.
그림이 놓인 움푹 들어간 공간은 1929년 집 확장 공사 전에는 창문이었다.

(옆 페이지) "문이 많은 집"[2]. 바닥 벽돌 위로 보이는 참나무 계단은 오랫동안 사용되어서
닳아 있다.

(오른쪽) 1970년에 찍은 사진으로, 내셔널트러스트가 세입자를 위해 부엌 설비를 새로 하기 전의 모습을 보여주는 유일한 사진이다. 아래로 구부러진 천장과 미로같이 어지러운 배관을 포함하여 다른 많은 부분은 지금도 똑같이 남아 있다. 현재 부엌의 이 구역은 몽크스 하우스 거주자들이 가림막으로 가려 사용하고 있다.

(옆 페이지) 이 부엌 창은 1937년에 설치되었다. 그전에는 사진 왼편에 있는 벽의 움푹 들어간 곳에 창문이 있었다. 버지니아는 선명한 녹색으로 이 공간을 칠했다. 힐스 참나무 찬장에 녹색 칠 흔적이 남아 있다.

(아래) 트레키 파슨스가 그린 루이 메이어(결혼 전 성은 에버리스트)의 초상화. 레너드 울프가 세상을 뜰 때까지 루이는 30년 넘게 울프 부부의 요리사로 일했다.

집을 살 만한 곳으로 만드는 일이 가장 급했다. 집에는 전기도 없고, 수돗물도 나오지 않았고, 욕실이나 변기도 없었다. 정원 월계수 사이에 묻힌 노천 변소가 전부였는데, 너무도 암울한 모습이라 중개인은 울프 부부에게 보여주고 싶어 하지 않았다. 서리가 내린 추운 아침에 버지니아는 "구불구불한 숲속 공터에 있는"[3] "낭만적인 방"[4]으로 걸어가야 했다. 한결같이 실용적인 사람인 레너드는 다락에 양동이를 가져다놓고 그 위에 의자를 놓아서 화장실을 급조했다.

1919년에 울프 부부는 분명 가난하지 않았지만 풍족하다고 할 수도 없었다. 버지니아의 병 때문에 두 사람은 결혼 초의 계획대로 절약하며 살 수 없었다. 진료비를 내기 위해 버지니아는 장신구 몇 점을 팔아야 했다. 버지니아가 신경쇠약을 일으켜 상태가 최악이었을 때엔 그를 물리적으로 제지해야 할 경우를 대비해 간호사 두 명이 상주해야 했기에 레너드는 버지니아의 신탁자금에서 가불을 해달라고 청해야 했다. 글쓰기를 통해 생활비를 벌겠다는 계획도 버지니아의 첫 번째 소설 《출항》의 출간이 병 때문에 1년 넘게 늦어지면서 어긋났다. 그리하여 몽크스 하우스에서의 처음 몇 년 동안은 그곳을 겨우 살 만한 곳으로 정비할 정도의 돈밖에는 없었다. 부엌은 좌절을 안겨줬다. 몽크스 하우스에서 보낸 첫날 밤에 정원에서 계단을 타고 물이 들어왔다. 물은 급하게 경사진 부엌 바닥을 흘러가서 식기실을 통과한 다음, 반대편 끝의 길거리 쪽으로 난 균열 사이로 내려갔다. "거대한 쥐들"[5]이 나타났고, 부엌 바닥엔 물기가 스며 나왔다. "이사 (…) 완전히 악몽이었어. 가구를 들여오긴 했는데, 거기 살려니 큰일이네. 이사한 첫날 밤엔 부엌에 물이 넘쳤다. 고용인들은 기겁하고 짐을 쌌어. (…) 애셤을 떠난 것만으로 충분히 나쁜데. 난 아쉬운 마음을 완전히 지우진 못할 거야. 하지만 레너드는

이곳을 비교도 안 되게 더 좋아해. 주로 정원 때문이야. 배, 자두, 사과, 채소가
우리 위로 쏟아져 내리거든."[6]

식기실과 부엌 사이를 허물어서 하나의 공간으로 만들고, 아가(Aga) 오븐의 선조
격인 키치너 화덕을 설치했다. 버지니아는 요리를 할 사람이 자신이 아님을
알고 있었기에 새 부엌이 괜찮은 편이라고 자신 없이 선언했다. 힘든 시간을
보내게 될 사람은 하녀 넬리 박스올이었다. 아주 간단한 요리를 하려고 해도
화덕에 석탄을 많이 넣어서 불을 지피고 때야 했다. 물은 손으로 펌프질을 해서
써야 했고 화덕에서 데워야 했다. 이후 5년간 버지니아와 레너드가 로드멜에서
목욕을 할 땐 부엌 커튼 뒤 양철 욕조에서 했다. 버지니아는 "데드맨 부인이
부엌에서 목욕 중인 L을 볼까봐"[7] 창문을 살피면서 빵을 만들고 있다고 일기에
적는다. 1956년 BBC 인터뷰에서 넬리는 말한다. "한쪽에선 빵을 굽고 다른
한쪽에선 목욕을 했다니까요!" 1920년 1월 올프 부부는 독감에서 회복하기 위해
몹시 추운 로드멜로 내려가자는 다소 이상한 결정을 했고, 버지니아는 로드멜이
"런던 전부를 합친 것보다도 더 좋아요"[8]라고 감동적으로 묘사한다. 1926년까지
몽크스 하우스 시설은 현대의 평균적인 편의와 편안함에 익숙한 이들의 상상을
뛰어넘을 정도로 구식이었다. 그럼에도 올프 부부는 몽크스 하우스에서 묵는,
이 쉽지 않은 일을 해보라고 친구들에게 열심히 권했다. 이사 직후 버지니아는
리턴 스트레이치에게 "침대가 아주 많아"[9]라며 편지를 썼고, 1920년 9월에
T. S. 엘리엇을 초대했다. "옷은 가져오지 마세요. 우린 대단히 간소하게 살고
있어요."[10] T. S. 엘리엇은 몽크스 하우스를 몇 번 방문하는데, 그곳 방문객 중
단연코 가장 말쑥하게 차려입은 이였다. '엘리엇 씨'라는 호칭은 '톰'이 되고,
그들의 우정은 자라나고 지속되었다.

정원은 곧바로 레너드의 영역이 된다. 올프 부부는 애셤 하우스에서 살 때 정원
일을 조금 해봤을 뿐이었다. 당시 버지니아가 조언을 구하는 편지에서 이들에게
경험이 부족함을 엿볼 수 있다. "텃밭 가꾸기를 시작했어요. 언젠가는 직접 기른
채소를 먹었으면 해서요. 그럴 수 있을 때까지 오래 걸릴까요? 아주 세심하게
돌봐야 하는 건가요? 아는 걸 뭐라도 말씀해주세요. 정원사가 따로 있는 게

(위) 1970년경의 현관.
버지니아가 오기 전까지
몽크스 하우스 내부는 흰색
칠이 돼 있었다. 버지니아가
사는 동안 벽은 암적색이었고
난간은 청록색이었다. 계단
아래에 나 있는 문은 저장고로
이어진다.

(옆 페이지) 아침 햇살이 이
낡은 벽돌 계단에 비치는
모습을 보면서 아침 식사를
하는 일은 너무도 큰
기쁨이었다. 울프 부부가
이 집에서 보낸 첫날 밤에
그랬듯, 비가 많이 오면
지금도 물이 계단을 타고
내려와서 부엌 문 아래로
흘러든다.

아니거든요. 꽃은, 비누 상자에 흙을 채워서 씨를 뿌려놨는데, 이렇게 하는 게
맞나요?"[11] 그래도 두 사람은 정원 일을 꽤 잘해냈고, 그때의 경험은 몽크스
하우스 정원을 위한 연습이 되었다. 애셤 하우스에서 레너드는 편지에 적었다.
"정원에서 1헌드레드웨이트[약 50킬로그램]를 생산했어요. 감자, 누에콩,
강낭콩, 대상화, 한련화, 풀협죽도, 다알리아, 그리고 숲을 이룬 잡초. 거의 매일
오후를 정원에서 보냅니다."[12] 이제 몽크스 하우스에서 맡은 첫 과제는 배,
사과, 감자, 양배추, 파스닙, 당근, 양파 등 거기서 자란 작물을 전부 거둬서 파는
것이었다. 집 정리 경매 날에 이 작물들은 22파운드 12실링의 값이 매겨졌다.
버지니아는 레너드가 정원을 "열광적으로 사랑하는 사람"[13]이 될 거라고
예상했고, 얼마 안 있어 다음과 같은 편지를 쓴다. "레너드는 정원에 우쭐해하는
사람이 되었다고 할 수 있어. 우리는 자꾸 밖에 나가서 배들을 쳐다보고
감자가 얼마나 무거운지 어림해보게 돼. (…) 우리는 정원에서 난 것들을 아주
후하게 나눠주기도 해. 장례식에 쓸 꽃장식이 필요할 때 사람들은 우리한테
와서 달라고 하지."[14] 이 말은 울프 부부가 이사해 들어왔을 때 정원에 과일과
채소뿐 아니라 꺾어 쓸 수 있는 꽃들이 있었다는 사실을 알려준다. 1920년
초반에 레너드는 화단을 파고 "정원을 완전히 새로 만들고 있"[15]었다고 한다.
정원을 새로 소유한 다른 모든 이처럼 레너드는 첫해를 정원에서 잡초를 뽑고
가지를 치면서 보냈을 것이다. 그리고 무엇보다 정원을 어떻게 만들지 계획을

(아래) 8×2미터 크기의
이 벽은 아마 예전 곡물창고의
일부였을 것이다. 이 사진
바로 오른쪽에는 세탁장이
있었고, 그 뒤에는 월계수로
가려진 변소가 있었다. 울프
부부가 몽크스 하우스에
처음 들어올 때부터 있던
커다란 벚나무 두 그루는
1970년대까지 정원의 이
구역에 남아 있었다.

"여기 꽃들이 전부 피어나고 있어. 우린 아침으로 배를 먹어."

버지니아 울프

세우면서 한 해를 보냈을 것이다. 버지니아도 정원 일을 돕곤 잔뜩 흥분해서 썼다. "몽크스 하우스에서 주말을 보내고 한 시간 전에 돌아왔다. 가장 완벽한 주말이었다고 쓰려고 했는데, 거기서 주말을 몇 번 보내보지도 않고 어떻게 알겠는가. 내 말은, 처음으로 정원 일이 주는 순수한 기쁨을 느껴봤다는 것이다. (…) 화단을 만들기 위해 기묘한 열정으로 하루 종일 잡초를 뽑다보니 이게 바로 행복이라는 생각이 들었다."[16] 초반의 이런 정열은 약해졌을지 몰라도 버지니아는 여전히 자주 정원 일을 도왔다. 사과를 따고 풀을 뽑고 시든 꽃을 잘라내고, 무엇보다 레너드가 올라간 사다리를 잡아주는 중요한 일을 했다.

1921년 6월에 버지니아는 집 벽을 선명한 색으로 칠한다. 식당에는 자주색, 변소에는 밝은 노란색이었다. 돌담이 쳐 있는 낡은 공구창고는 안락한 집필실이 된다. 그 전해엔 제이컵 베럴의 여동생 캐럴라인이 1882년에 조성한 월계수 산울타리를 강가 목초지 전망이 보이도록 없앴다. 이 산울타리는 과수원 담 끝부터 교회 담까지 이어졌을 것이다. 1921년 여름은 특히나 더웠고 정원은 바싹 말랐지만, 채소를 심은 곳에선 완두콩, 딸기, 콩, 상추가 났다. 이 시기는 버지니아가 "질병이라는 어두운 찬장 안의 모든 공포"[17]에 다시 휘말리던 때이기도 하다. 버지니아와 레너드는 거의 두 달을 로드멜에서 지냈다. 버지니아는 휴식을 취하며 독서를 하고, 일기를 쓰진 않았으나 편지 몇 통을 썼다. 실험적이면서도 섬세한 그의 세 번째 소설 《제이컵의 방》 작업은 미뤄야 했고, 이 작품은 1921년 11월에야 완성되었다. 아픈 시기에도 정원은 매혹적이었다. "곤란하게도 시골은 점점 더 사랑스러워지기만 해.

우리는 화단에 벽돌을 둘렀어. 정원엔 별채를 만들었어. 여기 꽃들이 전부
피어나고 있다고 랠프(파트리지)에게 전해줘. 우린 아침으로 배를 먹어."[18]
1922년 레너드는 정원 한가운데 있던 옛 세탁장을 없앴다. 나중에 '담이
있는 정원'이 될 구역을 만드는 첫 단계 작업에 착수한 것이다. "레너드는
새 화단을 만들고 있어요. 옛날 시설을 허물고, 노천 변소를 새로 짓고요.
길을 낸 다음에 깔 헌 포장용 돌을 어디서 살 수 있는지 레너드가 알고 싶어
해요. 아는 데가 있나요? 가능하다면 여기서 가까운 곳으로요. 지금 이곳
정원도 뜯어고치는 중이거든요. 레너드는 끝도 없이 일을 하네요."[19]
레너드의 일은 1923년 메이너드 케인스가 막 인수한 《네이션》의 문학
편집장 자리를 수락하며 더 늘어났다. 그리고 마침내 버지니아는 교외인
리치먼드에서 9년을 살았으니 이제 블룸즈버리로 돌아가야 한다고
레너드를 설득했다. 1924년 3월 중순, 울프 부부와 점점 더 크게 성공하던
호가스 출판사는 태비스톡 스퀘어 52번지에 안착한다.
울프 부부의 재정 관리는 살펴볼 가치가 있다. 두 사람의 수입은 한데로
모아져 공동 자금이 되고, 그중 가계비용을 지출하고 남는 돈은 각자의
'비축분'으로 나누어졌다. 때로는 각자의 선호에 따라 각자의 비축분을
사용해서 집을 꾸미기도 한 것 같다. 버지니아가 언니에게 쓴 편지에서
이 사실을 확인할 수 있다. "[프레더릭] 포터의 그림을 샀어. 요즘 돈에
쪼들리는 편이지만 여길 단장하고 싶어 못 견디겠어."[20] 버지니아는 가구,
양탄자, 그림(버지니아는 특히 프레더릭 포터의 작품을 좋아했고, 현재 몽크스
하우스에는 포터의 작품 두 점이 걸려 있다)을 사는 편이었고, 레너드는 정원과
자동차에 돈을 냈다.
1925년 4월 일기를 보면 버지니아는 글을 써서 300파운드를 벌겠다고,
그래서 그 돈으로 몽크스 하우스에 욕실과 온수 화덕을 설치하겠다고
결심한다. 9월이 되자 《댈러웨이 부인》과 《일반 독자》가 "한 주 동안 각각
148부와 73부가 팔렸다고" 출판사에서 알려온다. "욕실과 수세식 변기를
(…) 마련할 수 있지 않을까?"[21] 1926년 말이 되면 버지니아의 수입이
처음으로 레너드의 수입보다 많아지고, 고대하던 욕실과 온수 화덕이
설치된다. "용도에 맞춰 끓는 물이 콸콸 나오는 사치라니 상상도 못했어."[22]
비타 색빌-웨스트는 몽크스 하우스를 방문했을 때 울프 부부가 새 수세식
변기에 거의 아이들처럼 기뻐하는 모습이 재밌었다고 한다. 버지니아와
비타는 1922년에 저녁 만찬 모임에서 만났고, 1925년 말 둘 사이의 관계는
우정에서 연애로 발전한다. 1926년 6월에 버지니아는 쓴다. "밤은 길고
따뜻해. 장미가 피어나고, 정원은 아스파라거스 화단에 뒤엉켜 붕붕대는
벌과 욕망으로 가득해."[23] 비타는 그해 여름 몽크스 하우스의 "작은 찬장이

(옆 페이지 위) 몽크스 하우스 뒤뜰 맨 위쪽에
앉아 있는 비타 색빌-웨스트와 버지니아. 1926년 7월
비타는 버지니아에게 황금색 코커스패니얼 강아지 핑커를
선물한다. 핑커는 버지니아의 소설 《플러시》의
모델이 된다.

(옆 페이지 아래) 1970년의 욕실. 커다란 욕조가 약간
경사진 채로 놓여 있어서 오른편 수위가 더 높다. T. S.
엘리엇은 이 사실을 눈치챘고 우리도 그랬다. 저 욕조에
몸을 담근 적이 있는 이들을 생각하면 위축되는 기분이
든다. 그중에서도 특히 버지니아는 매일 아침 목욕을
하면서 자기가 쓴 글을 큰 소리로 읽어보는 습관이
있었는데, 자신이 "말하고 말하고 또 말하는"²⁴ 소리가
아래층 부엌에 있는 요리사 루이에게까지 들린다는
사실을 깨닫지 못했다.

(위) 거실에 있는 작은 식사 공간은 원래 분리된
방이었는데 울프 부부가 벽을 없앴다. 벽난로 선반
위 그림은 집 정리 경매에서 버지니아가 산 그림 세
점 중 하나다. 글레이즈브룩 가족이 그려서 소유하고
있던 그림이라고 하며, 울프 부부가 가장 아낀 물건 중
하나였다. 창문 왼쪽의 레너드 초상화는 트레키 파슨스가
그린 것으로, 트레키는 1980년에 이 그림을 몽크스
하우스에 기증했다.

"몽크스 하우스는 정말 대성공이다. L은 그렇게
말하지 말라고 하지만. 특히 공간을 합쳐 확장한
우리의 거실 겸 식당에는 창문이 다섯 개에 천장
가운데를 가로지르는 들보가 있고, 우리 주위엔 온통
고개를 까닥거리는 꽃과 나뭇잎들이다."[25]

버지니아 울프

있는 방"[26]에 자주 머물렀고, 버지니아는 편안한 방과 괜찮은 와인을
제공하기 위해 평소 손님들에게 하던 것보다 더 노력을 기울였다.
1927년 말, 버지니아의 다섯 번째 소설 《등대로》의 판매 실적은 좋았다.
울프 부부는 바쁘고 흥미로운 하루하루를 보냈다. 로드멜과 태비스톡
스퀘어를 오가며 글을 쓰고 원고를 편집하고 출판하고 정원 일을
했다. 두 사람은 처음으로 자동차를 샀다. 버지니아의 운전 실력은
엉망이었지만 둘은 차를 타고 돌아다니는 일을 몹시 즐겼다. 유일하게
마음을 불편하게 한 일은 정원 북쪽 경계에 맞닿은 들판이 개발될지도
모른다는 것이었다. 소문은 1921년부터 있었고, 걱정 끝에 두 사람이
이사를 생각한 때도 있었다. 이제 수입이 더 늘어날 것으로 예상되고
정원을 멋지게 만들자는 야심찬 계획도 생기면서 땅 구입을 생각하게
된다. 1926년 8월 레너드는 위압적인 이름을 가진 땅 소유주 '캡틴
스탬퍼-빙'에게 편지를 쓴다. "제 집 북쪽 담부터 교회 묘지 담까지
맞닿아 있는 들판의 높은 쪽을 구입하고 싶습니다. 그 땅을 제 정원에
합쳤으면 해서요. 제겐 1에이커에 못 미치는 크기의 땅이 있고, 그
대부분은 과수원이라서 더 넓은 땅에서 정원을 가꿔보고 싶습니다.
들판 높은 쪽 땅을 얻을 수 있다면 들판 나머지 부분도 살 용의가
있습니다. 사실 그쪽을 쓰진 않겠지만요."[27] 협상은 늘어졌다. 악감정이
있었던 것은 아니고, 기존의 임대 조건을 해결해야 했기 때문이다.
1928년 마침내 파운드 크로프트 들판을 구입했다. 울프 부부는
열광했다. "그 들판을 소유하면서 로드멜을 향한 내 감정도 달라졌다.
그곳에 자리 잡고 그곳의 일부가 되기 시작한다. 돈을 벌면 집에 건물을
한 층 더 올려야지."[28]

(위) 3면에 창문이 있는 이 커다란 거실을 만들기
위해 울프 부부는 1층 벽 일부를 허문다. 바닥에 깔린
서로 다른 모양의 벽돌이 원래의 공간을 표시한다.
버지니아는 거실을 청록에 가까운 밝은 녹색으로
칠했다가 화가인 언니 버네사 벨과 그의 연인 덩컨
그랜트에게 놀림을 받는다. 이 일은 버지니아의 마음
속 불안을 건드렸다. 버지니아는 버네사가 얼마나
수월하게, 또 확신에 차서 따뜻한 가정과 집 공간을
꾸렸는지 알고 있었다. 찰스턴 하우스는 화가의 솜씨가
발휘된 공간이었고, 무엇보다 거기엔 아이들이 있었다.
버지니아는 일기에 자신의 불안과 실패의 느낌을
쏟아놓는다. "심장께에서 부풀어 오르는 고통스러운
파도 같은 것. (…) 아아, 그들이 녹색 페인트를 좋아하는

내 취향을 비웃는다!"[29] 녹색은 버지니아가 가장 좋아한
색으로, 몽크스 하우스 전체에 배어 있는 듯 보인다. 다른
색으로 칠해진 이 집은 상상하기 어려울 정도다. 화창한
오후엔 "초록 윗맥을 달고 흔들리는"[30] 창가 화초들이
거실 벽에 그림자를 드리운다. 마치 수중 동굴 안에 앉아
있는 것 같다. 집 북쪽으로 확장 공사를 하기 전까지는 이
거실이 울프 부부가 책을 읽고 담배를 피우는 곳이었다.
레너드는 파이프 담배를 피웠고, 버지니아는 프랑스
시가('프티 볼티제르' 제품을 가장 좋아했다)나 손으로 만
담배를 즐겼다. 또 여기서 식사를 하고, 축음기로 음악을
들었으며, 다운스에서 긴 산책을 한 후에 이 방 불가에
앉아 양말을 말렸다.

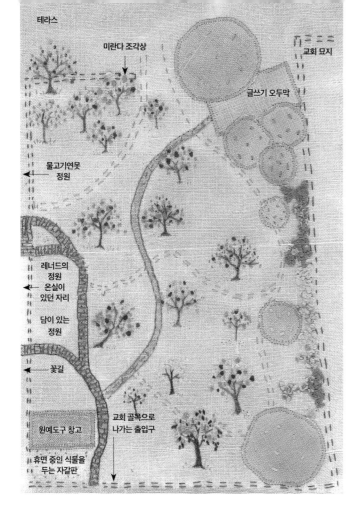

테라스

미란다 조각상

교회 묘지

글쓰기 오두막

물고기연못 정원

레너드의 정원 온실이 있던 자리

담이 있는 정원

꽃길

원예도구 창고

교회 골목으로 나가는 출입구

휴면 중인 식물을 두는 자갈판

과수원

과수원은 레너드와 버지니아가 몽크스 하우스에 끌린 주된
이유였으며, 이후로도 두 사람이 정원에서 가장 좋아하는
공간으로 "앉아서 몇 시간이고 이야기하는 장소"[1]였다.
버지니아는 과수원을 즐겨 자랑했고, 몽크스 하우스에 놀러
오라고 사람들을 꾈 때 미끼처럼 내놓았다. 그런 잠재적 방문객
중에는 비타 색빌-웨스트도 있었다. "물론 정원이 있지요. 꽃이
만발해요. 그리고 앉아 있기 좋은 과수원이 있답니다. 당신에겐
없는 것이지요. 배랑 사과도 잔뜩 열렸는데, 이것도 당신에겐
없죠."[2]

(오른쪽) 테라스에서 남쪽을 향해 섰을 때 보이는 과수원의 모습.

"그때 우체부가 왔지요. 너무도 영국적인
여름날이었습니다. 딱 맞게 부드럽고 기분 좋은 열기,
땅에 떨어진 사과를 먹는 개똥지빠귀와 찌르레기들.
어제 아주 오래된 사과나무에서 7월의 사과를
3부셸만치 거뒀거든요." 레너드 울프

"때로 이곳은 신성하게
느껴질 정도로 아름다워.
더위, 새, 수선화, 파란 하늘."[3]

버지니아 울프

몽크스 하우스의 과수원은 정원 안에서 분위기가 가장 근사한 곳이다.
거친 바람이 불어 나무에서 꽃이 떨어지기 전의 짧은 시기 동안 과수원은
심장을 잠시 멎게 할 정도로 너무나 아름다우며, 늦여름 선홍색의 사과가
달려 나뭇가지들이 아래로 처질 땐 그 풍요로움에 뿌듯하다. 1924년 8월
레너드는 시인 에드먼드 블런던에게 편지를 쓴다. "그때 우체부가 왔지요.
너무도 영국적인 여름날이었습니다. 딱 맞게 부드럽고 기분 좋은 열기,
땅에 떨어진 사과를 먹는 개똥지빠귀와 찌르레기들. 어제 아주 오래된
사과나무에서 7월의 사과를 3부셸[약 60킬로그램]만치 거뒀거든요."[4] 사과
따기는 둘이 함께하는 일이었다. "레너드가 사과 따는 걸 도와달라고
하네요. 그러니 이만 쓰고 나무 한가운데 앉아서 연녹색 과실들에
둘러싸여야겠어요."[5]

레너드가 정원에 물을 뿌리고 있다거나 가지치기를 하고 있다거나 나무에서
과실을 따고 있다고 버지니아가 몇 번이나 말하는지 세다가 숫자를 잊게 될
정도이다. 레너드가 정원 일로 바쁘다는 게 종종 초대를 거절하는 이유가
되기도 했다. 예를 들어 1927년 1월 5일 찰스턴에 와서 점심을 같이하자는
버네사의 초대에 버지니아는 자기 혼자만 가겠다면서 말한다. "레너드가
가지치기를 멈출 것 같지 않아. 안부를 전해달라고 하네."[6] 몽크스 하우스는
겨울에 지독하게 추웠다(현재도 그렇다). 그럼에도 레너드는 "소일거리
중 가장 즐거운 일"[7]인 과수 가지치기를 하기 위해 1월마다 고집스럽게
로드멜로 내려간다. 몽크스 하우스에서 처음으로 맞은 1919~1920년
겨울에 아직 정원 일에 초보였던 레너드는 바이올렛 디킨슨이 선물한 칼로
가지치기를 하다가 가지와 함께 자기 손가락도 긋는다. 바이올렛 디킨슨은
버지니아가 자주 현실적인 조언을 구한, 가까운 연상의 친구였다. 우즈
강둑이 터져서 로드멜이 물에 잠겼을 때에도 레너드는 고무장화를 신고
옷을 겹겹으로 껴입고 영웅적으로 가지치기를 했다. 몽크스 하우스로
이사하고 처음 몇 년간 레너드는 상당히 자세한 정원일지를 쓰는데, 그가
과일나무에 얼마나 사로잡혀 있었는지를 뚜렷이 볼 수 있다. 1919년에 배를
13부셸[약 300킬로그램]이나 거둬들이고도 레너드는 1921년 과수원 담 쪽에
배나무를 여러 그루 더 심는다. 그해 크리스마스에 레너드와 버지니아는
과수원 출입구 근처에 '클랩스 페이버릿' 품종의 배나무를 심는다. 점점
정원일지는 구입한 식물과 작물 산출량을 다 보기 힘들 정도로 세세하게
기록되어갔다. 남는 과일과 채소는 루이스여성협회 시장에 내다 팔았다.
비타 색빌-웨스트는 로드멜에 내려왔다가 레너드가 사과와 배 바구니들을
자전거에 싣고 루이스로 갈 채비를 하는 걸 봤다고 한다. 울프 부부는
친구들에게 선물로 과일, 꽃, 채소를 보내며 즐거워했다. 버네사가 런던에서

(옆 페이지) 봄의 과수원.

(위) 내가 가장 좋아하는 버지니아와
레너드의 사진. 두 사람 사이의
애정과 친밀함이 잘 드러나 있다.

지내면서 찰스턴에 있는 자기 정원을 그리워할 때 꽃 상자를 보내줬고, 리턴 스트레이치에겐 타피오카에 곁들여 먹을 수 있도록 그의 햄 스프레이 하우스로 조리용 사과를 보냈다.

1927년 여름 과수원엔 벌집 두 개가 생긴다. 레너드와 20년 가까이 몽크스 하우스의 정원사로 일한 퍼시 바살러뮤는 벌집을 채집해서 교회와 맞닿은 쪽의 담벼락에 매달아놓는다. 퍼시의 아들 짐 바살러뮤가 그린 정원 평면도(189쪽)를 보면 1932년에 벌집은 네 개로 늘어나 있다. 버지니아는 정원에서 난 것을 먹는다는 생각에 특히 즐거워했다. 과일로 병조림을 했고 콩조림도 만들었으며, 레너드가 양봉을 시작하자 "꿀이라면 나는 곰이나 마찬가지"[8]라고 말하면서 "식빵에서 떨어지는 나만의 꿀"[9]을 먹길 고대했다. 비타의 작은아들 나이절 니컬슨의 말에 따르면 버지니아는 빵을 아주 잘 구웠다고 한다. "나는 밀가루를 치대고 잡이 늘인다. 반죽의 따뜻한 안쪽에 손을 깊이 꽂았다가 당긴다. 찬물을 손가락 사이 부채꼴 모양으로 흘려보낸다."[10] 1932년 버지니아는 친구인 소설가 휴 월폴에게 편지를 쓴다. "주변 1마일[1.6킬로미터] 반경 안에 있는 사람은 모조리 쏘아대는 이탈리아 벌떼가 있는데, 애들이 야생 벌꿀 30파운드를 만들었어. 차와 함께 내놓을 테니 얼른 와서 맛을 봐."[11]

레너드는 양봉 전문가가 되어 말년에 양봉협회에 가입한다. 버지니아는 레너드를 도와 병에 꿀을 담는 일을 좋아했다. 레너드와 버지니아가 각기 남긴

(옆 페이지) 레너드는 크로커스나 레티쿨라타붓꽃처럼 봄에 일찍 개화하는 구근식물을 특히 좋아했으며, 크로커스 일부는 아직도 남아 있다. 레너드는 자서전에서 1939년 늦여름 사과나무 아래 심었던 레티쿨라타붓꽃을 회고한다. "그 아름다운 보라색 꽃들"[12]. 몽크스 하우스에는 여러 종류의 설강화가 여전히 피어 있다. 그러나 매년 4월 1일부터 집을 개방하기 때문에 우리는 '탈리아' 수선화처럼 설강화보다 나중에 피는 구근식물을 더 많이 심었다. '탈리아'도 레너드가 좋아한 꽃이다. 줄기가 아주 가느다랗기 때문에 키 작은 개암나무 사이에 심어서 개암나무 가지가 받쳐주도록 하면 좋다.

"과수원에는 사과나무가 스물네 그루 있었다. 약간
삐딱하게 자라기도 하고 곧게 자라기도 한 이 나무들은
몸통 위로 확 퍼진 가지에 붉거나 노란 둥근 방울을
매달았다. 나무마다 넉넉한 공간을 차지하고 있었다."

버지니아 울프, 〈과수원에서〉

벌 묘사는 두 사람이 얼마나 다른지 보여준다는 점에서 재밌다. 자서전에서
레너드는 텔아비브 거리의 에너지를 다음과 같은 비유로 묘사한다. "완벽한
여름날, 벌통 위에서 분주히 일하는 벌들이 환희에 차서 윙윙거리는 소리,
꿀을 찾고 저장하는 공동 작업으로 끊임없이 벌통에 들고나는 수백 마리의
행복한 벌들."[13] 벌을 실제로 다뤄본 경험이 있는 사람의 관찰력 있는 괜찮은
묘사다. "사물을 너무도 명확히 보기에 부유(浮遊)하지도 않고 생각 속으로
침잠하지도 않는 사람"[14]의 글이기도 하다. 반면 버지니아에게 부유하는
일은, 또 무엇보다 깊이 사색하는 일은 언어를 주조하는 그의 작업 일부였다.
버지니아는 이런 식으로 '낭만화'한다. "벌들이 붕 소리를 쏜다. 욕망의
화살처럼. 격렬하고 관능적이다. 허공에 실뜨기를 한다. 실 가닥마다 붕 하는
소리 하나씩. 온통 떨리는 대기."[15]
퍼시 바살러뮤의 딸 마리 바살러뮤는 레너드가 담 바로 너머에 있는
마을학교로 사과가 가득 담긴 바구니들을 가지고 갔던 일을 기억한다. 과일
서리를 그만두게 하기 위해서였던 것 같다. "이제 우리는 학교 아이들에게
사과를 준다. 돈은 받지 않고, 그 대신 과수원을 소중히 여겨달라고
당부한다. 지금까지 아이들이 사과나무 몇 그루를 몽땅 털어갔다."[16] 이런
일이 있었다는 점을 생각해볼 때, 2009년 '서식스 사과밭 프로젝트'의
일환으로 학교 아이들이 서식스에서 자라는 오래된 품종의 사과나무
네 그루를 몽크스 하우스 과수원에 심도록 한 건 정원의 역사와 잘
어울리는 사업이었던 것 같다. 1966년 맥스 헤이스팅스는 〈런던 이브닝
스탠더드〉에 싣기 위해 레너드와 인터뷰를 하며, 과수원에 있는 "특히나
귀하고 맛좋은 사과"에 관해 쓴다. 울프 부부가 몽크스 하우스를 샀을

(오른쪽) 신기하게도 버지니아는 꽃핀 시기의 과수원에 대해서 거의 쓴 적이 없다.
5월에 울프 부부는 외국으로 여행 갈 때가 많았기 때문인지도 모른다. 사진에 보이는
돌담 사이의 빈 곳은 꽃길로 이어지는 입구로서, 레너드는 나중에 이 입구 양쪽에 화단을 조성한다.
1980년대 초에 그 화단 자리는 잔디로 덮인다.

때부터 있었던 나무에서 열리는 그 사과는 밝은 황금빛에 엷은 분홍빛이 살짝 더해진 색을 띠어서 두 사람은 그 나무에 '헤스페리데스'라는 이름을 붙인다. 그리스 신화에서 먹으면 불사의 존재가 되는 헤라의 황금사과를 지키는 이가 헤스페리데스다. 레너드는 특히나 이 사과를 좋아해서, 접붙이기를 할 대목으로 뭐가 좋겠냐고 전문가들에게 조언을 구하는 편지가 서류철 하나 가득 있다. 과수원에 있는 빅토리아 자두나무는 레너드가 살 때부터 있었다. 우리가 몽크스 하우스에서 살기 시작하고 몇 년 동안은 해 질 무렵이면 글쓰기 오두막 뒤의 덤불에서 오소리가 나타나곤 했다. 오소리는 사람이 있어도 아랑곳하지 않고 땅에 떨어진 과실을 찾아 돌아다녔다. 과수원 담 너머에 있는 마을학교와 12세기에 세워진 세인트 피터스 교회가 언제나 평화와 고요에 기여한 것은 아니다. 버지니아의 일기와 편지에는 종소리와 구구단 외우는 소리에 짜증을 내며 벌컥 화를 내는 부분이 많다. 매년 부활절 기간에 우리는 학교 아이들을 위해 과수원에서 달걀 찾기 행사를 열었다. 아이들이 신나 소리를 지르면서 수선화 사이를 달릴 때, 나는 버지니아라면 과연 어떤 반응을 보였을지 궁금해하곤 했다.

2001년에 버지니아울프학회 사람들이 나이절 니컬슨과 함께 몽크스 하우스에 온 적이 있다. 우리는 과수원에서 제일 오래된 사과나무 그늘에 앉아 버지니아의 단편 〈과수원에서〉를 읽는 낭독회를 열었다. 새들이 지저귀는 소리와 붕붕대는 벌 소리, 담 너머에서 들려오는 교회 종소리와 하교하는 아이들 소리와 함께였다. 이렇게 그곳에 "살았던 사람들이 조용히 이어지고 있"[17]었다.

(위 왼쪽) 1960년대에 개 코코, 베스와 함께 과수원에 있는 레너드. 레너드는 구근 대부분을 과수원 나무 아래 조성한 커다란 원 모양의 화단에 심고, 나머지 부분의 잔디는 짧게 깎아놓았다. 그는 크로커스를 좋아해서 이런 식으로 잔디를 관리했다.

(위 오른쪽) 레너드 말년에 정원을 방문한 이들은 과수원 나무 아래를 덮은 노란 크로커스를 기억한다. 그 크로커스 중 몇몇은 살아남았지만 대부분 사라졌다. 새들이 백합보다는 크로커스 구근을 파먹어서 크로커스를 계속 다시 심어줘야 한다.

(옆 페이지) 나의 남편 조녀선은 과수원 잔디 사이로 길을 만들고 포장하는 작업을 특히 즐거워했다.

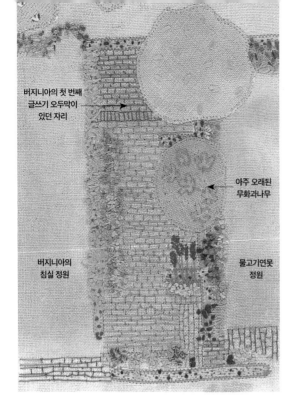

버지니아의 첫 번째
글쓰기 오두막이
있던 자리

아주 오래된
무화과나무

버지니아의
침실 정원

물고기연못
정원

무화과나무 정원

"아주 오래된 무화과나무"[1]는 버지니아와 레너드가 몽크스 하우스에
오기 훨씬 전부터 이 구역에 있었다. 나중에 레너드가 트레키
파슨스에게 이 나무에서 딴 무화과 열매 네 개를 깡통에 담아 가져다준
적도 있다. 트레키는 버지니아 사후인 1943년부터 레너드가 죽을
때까지 그의 가까운 친구이자 동반자였다. 우리가 몽크스 하우스에서
보낸 처음 3년 동안은 많이 열리진 않았지만 그래도 매년 무화과를
맛볼 수 있었으며, 더운 여름날에는 무화과나무 그늘 아래 앉아
있곤 했다. 그 후 계절에 맞지 않는 날씨가 많았던 한 해를 보내고
나서 무화과나무는 계속 시든 채로 처져 있다. 전에도 이런 적이
있었을지 모른다고 생각하는데, 버지니아가 비타에게 "무화과나무를
어떻게 해야 하죠?"[2]라고 물은 적이 있기 때문이다. 버지니아가
이렇게 정원 일에 비타의 조언을 구한 적은 많지 않다. 1988년에도
내셔널트러스트의 정원 자문위원이 무화과나무가 다시 자라도록
가지를 전부 치라고 조언한 적이 있다. 그로부터 20년 후 우리도 같은
조치를 취했다. 나는 나무가 되살아날 것이라는 확신이 있었지만,
슬프게도 이 책 사진을 찍을 때까지 나무는 여전히 시들어 있었다.

(오른쪽) 오늘날의 무화과나무 정원. 무화과나무가 회복의 기미를 보이고 있다.

(왼쪽) 살짝 녹색 물이 든 클레마티스 몬타나 꽃잎들이 여름의 납매 나뭇잎과 얽혀 있다.

(위) 새로 과실을 맺은 무화과나무.

(옆 페이지 아래 왼쪽) 무화과나무 정원에 있는 라벤더는 '실'이라는 영국 품종이다. 레너드가 라벤더를 구입했다는 기록이 남아 있는 1929년에도 구할 수 있는 품종이었다.

(옆 페이지 오른쪽) 레너드 왼편에 있는 흉상은 무화과나무 정원 입구의 담 위에 놓여 있었다. 몽크스 하우스 앨범을 보면 관광객처럼 흉상 어깨에 팔을 걸치고 포즈를 취해보라는 말을 들은 방문객이 많았던 것 같다. 레너드가 좋아한 니포피아가 버지니아와 레너드의 키를 넘어 2미터쯤 자라 있다. 이 니포피아는 사진 자료가 많이 남아 있지만, 흥미롭게도 레너드의 공책에서는 언급되지 않는다. 《등대로》에서 버지니아는 램지 부인의 정원에 니포피아가 있었다고 쓰는데, 그 부분을 쓸 때 버지니아는 몽크스 하우스의 이 니포피아를 생각했을까?

무화과나무 정원 바닥엔 벽돌이 깔려 있으며 그 둘레엔 낮은 돌담이 있다.
이 돌담은 아마 옛날 돼지우리의 흔적일 것이다. 레너드는 이 낮은 돌담과
벽돌 바닥, 그리고 또 다른 높은 돌담을 허물지 않고 남겨두었다. 높은
돌담은 버팀벽으로 지지되어 다른 곳으로 연결되지 않고 단독으로 서 있다.
8미터 길이에 거의 2미터 높이로, 예전 곡물창고의 일부였던 것으로 보인다.
곡물창고는 1919년 몽크스 하우스 서류에 열거된 부속시설 세 곳 중 하나였다.
나는 이 구역이 레너드에게 아이디어를 줘서, 정원의 나머지 주요 부분을
벽돌길과 돌담으로 경계를 지어 나뉘는 공간으로 기획하는 시작점이 된 게
아닌가 생각한다.

무화과나무 정원의 북쪽 끝, 붉은벽돌 바닥이 도도록하게 올라온 부분에는
또 다른 부속 건물이 있었다. 제이컵 베럴이 연장과 완두콩 버팀목을 두던
창고였다.

1921년 버지니아는 편지에 쓴다. "너무 신나. 우리는 공구창고를 개조해서
아름다운 정원 별채를 만들고 있어. 커다란 창문으로 다운스가 내려다보일
거야."[3] 레너드는 지역 건축업자인 '필콕스 형제 건축'에 말해서 세 칸짜리
커다란 여닫이창을 북쪽 벽에 설치하고, 과수원을 향해 동쪽으로 이미 나 있는
여닫이창을 수리하게 한다. 날씨가 따뜻할 때 이 별채는 강가 목초지부터 캐번
산과 과수원까지 훤히 보이는, 일하기에 황홀한 곳이었을 것이다.

당시 별채의 북향 창 바로 앞에 있던 파운드 크로프트 들판은 마을의 공유
녹지 같은 곳이었다. 버지니아는 별채에서 마을의 삶을 관찰했다. "너무도
아름다운 저녁이다. (…) 함께 붙어서 풀을 뜯고 있는 흰말과 딸기색 말. 풀이

깎여 하얀 코르덴 빛깔이 된 애섬 들판. 내 머리 위에서 사과를 쌓고 있는 레너드, 그리고 진줏빛 유리 전등갓을 통과하는 햇빛. 아직 매달려 있는 연한 붉은색과 초록색의 사과들. 나무 사이로 솟아 있는 교회의 은빛 첨탑."[4] 버지니아가 기록한 보다 왁자지껄한 마을 풍경으로는 스툴볼과 크리켓 게임이 있고, 사기를 높이려 노래를 부르면서 빗속에 캠핑을 하는 보이스카우트 단원들이 있고, 그중 가장 재밌는 것으로는 큰 소리로 찬송가를 부르는 이동 전도단 소속 젊은이들이 있다. 공구창고 위층은 나무 계단으로 올라가야 했고, 나무 계단 맨 아랫부분은 무화과나무 정원 옆의 뜰에 나 있었다. 레너드는 공구창고 위층에 사과를 저장했는데, 페인트 가루가 천장에서 떨어지게끔 쿵쿵 걸어다녀 가끔 버지니아를 거슬리게 했다. "오, 하지만 L이 사과를 정리할 것이고, 나는 그 소리 때문에 짜증이 나겠지."[5]

1922년 9월 어느 일요일 아침을 상상해보라. 주말 손님으로 온 친구 E. M. 포스터가 정원 별채에서 버지니아와 같이 일하고 있다. 포스터는 글을 하나 쓰고 있고, 버지니아는 편지를 쓰면서 "재채기를 하거나 물건을 쳐서 쓰러뜨리지 않으려고 엄청 조심"하고 있다. 분명 두 사람 누구에게도 일하기 편한 분위기는 아니었다. 버지니아는 편지에 쓴다. "저명하신 작가님이 옆에 없었다면 더 멋진 편지를 쓸 수 있었을 텐데요. 이제 작가님은 지금까지 쓴 단어 전부에 줄을 그어 지우고 있군요."[6]

(위) 1960년대에 레너드는 이웃의 정원에 있는 헬레보루스에 감탄해서 이웃이 꽃을 구입한 업자에게 여러 종류의 헬레보루스를 주문했다. 레너드가 감탄한 헬레보루스를 재배한 이웃은 헬레보루스 전문가 에이드리언 오처드로, 레너드와 아는 사이였던 오처드는 그와 함께 로드멜 원예협회 위원으로 일했다.

(아래 왼쪽) 레너드와 퍼시는 예전 곡물창고 담 북쪽에 화단을 만든다. 1940년 3월 일기에서 버지니아는 이곳을 "바위 정원"이라고 칭한다.

(아래 오른쪽) 비타 색빌-웨스트는 파란 클레마티스 마크로페탈라를 좋아했다. 그 사실을 기리기 위해 우리는 이 꽃 한 포기를 심어서 봄철에 능소화의 빈 가지를 붙잡고 자라게 했다. 다행히도 우리는 레너드의 정원 공책에 이 클레마티스가 적혀 있는 것을 발견했다.

(옆 페이지) 예전 곡물창고 담 북쪽 버팀벽 사이에 있는 얕은 화단. 알케밀라와 자연 파종되는 디기탈리스가 있고, 그 왼쪽에 화분에 담긴 센티드제라늄 '아타 오브 로지즈'가 있다.

(오른쪽) 공구창고는 버지니아의 첫 번째 글쓰기 오두막으로 개조되었고, 위층은 레너드의 사과 저장소로 쓰였다. 이 공구창고가 정확히 어디에 있었는지는 지금껏 확실하지 않았다. 비타의 손자인 애덤 니컬슨은 고맙게도 비타가 살았던 시싱허스트성에 남은 사진을 살펴보도록 허락해주었고, 거기서 오두막 밖에 서 있는 버지니아의 사진을 찾았다. 이 사진은 전에 애덤 니컬슨의 아버지 나이절 니컬슨이 편집한 《버지니아 울프의 편지》 3권에 실린 적이 있지만, 그 사진에서는 오두막 위층으로 올라가는 계단이 많이 잘려나가 있었다. 시싱허스트에서 찾은 이 사진의 계단을 보고 공구창고의 위치를 정확히 알 수 있었다. 나중에 울프 부부가 북쪽 들판을 구입한 후 레너드는 돌담 일부를 허물고 들판으로 나가는 높은 나무문을 이 계단 옆에 설치했다. 오른쪽 사진에서 버지니아는 라벤더 화단의 끝부분에 서 있다. 옆 페이지에 있는 사진을 유심히 들여다보면 미국담쟁이덩굴 아래에서 오른쪽 사진의 버지니아가 밟고 서 있는 맷돌을 찾을 수 있을 것이다.

3장 새로 만든 정원 공간

(위) 크림색의 컵과 컵받침 모양을 한 태산목 꽃에서는 향긋한 레몬 향이 난다.

(옆 페이지) 전에 파운드 크로프트 들판이었던 자리에 서서 찍은 사진이다. 아치를 지나면 버지니아의 침실 정원이다. 등나무로 덮인 아치는 예전엔 나무문이었다. 버지니아의 첫 번째 글쓰기 오두막이 사진 왼쪽에 있는 무화과나무 정원에 있었다.

《올랜도》는 1928년 10월에 출간된다. 심각한 책 작업에서 "탈선"[1]해보고자 쓴 작품이자 비타에게 헌정된 《올랜도》는 그 전해의 "특히나 행복했던 가을"[2] 동안 대단히 빨리 집필되었으며, 출간 후 베스트셀러가 된다. 그때부터 울프 부부는 더는 돈에 쪼들리지 않게 된다. 1928년 말 버지니아가 글을 써서 번 돈은 1,540파운드로 그 전해의 두 배였고, 1929년에는 거의 3,000파운드까지 뛴다. 레너드도 글쓰기로 수입을 얻었고(그는 1925년에 《네이션》 문학 편집장 자리를 사직하며 에드먼드 블런던이 그 자리를 대신한다), 호가스 출판사도 계속 잘되고 있었다. 울프 부부는 사치스러운 사람들이 아니었다. 둘은 "다 쓰러져가는 듯 보일 정도로 격식 없는"[3] 편안한 라이프스타일을 즐겼다. 물론 레너드는 "한 해 1,000파운드로 사는 것보다 3,000파운드로 살 때 삶이 더 쉽다"는 점을 인정했고, 수입이 늘어나면서 두 사람은 "책, 그림, 정원, 자동차처럼 우리가 좋아하는 것을 더 많이"[4] 가질 수 있었다. 파운드 크로프트 들판을 구입하고 나서 정원은 크게 변한다. 둘은 들판의 낮은 쪽을 지역 농부에게 임대하고, 높은 쪽에는 '테라스'라는 이름을 붙인다. 버지니아는 쓴다. "레너드와 나는 들판을 샀어. (…) 그리고 우리는 온갖 야심찬 계획을 세우고 있지. 정원 테라스, 정자, 연못, 수련, 분수, 잉어, 금붕어, 벌거벗은 여자들 조각상, 그림자 깔린 호수에 비칠 전함 선수상(船首像)."[5]

벽돌길

화단 사이로 나 있으며 정원 공간을 구획하는 벽돌길은 몽크스
하우스 정원의 가장 독특한 요소다. 레너드는 무화과나무 정원의
벽돌 포장 바닥을 본떠서, 화단으로 둘러싸이고 황금 실 같은
길들로 연결된 여러 모습의 테라스를 만들었다[테라스는 주택에
붙어 있는 공간을 가리키기도 하지만, 정원에 벽돌이나 자갈 등으로 지면보다
약간 높게 포장한 평평한 조망 공간을 가리키기도 한다]. 한여름, 잔디밭
가장자리 화단의 꽃과 나무가 무성히 자라나서 정원의 각
공간이 가려질 때 정원을 걸으면 신비로운 느낌이 든다. 사방이
향기롭고 빛이 일렁이며, 버지니아가 가장 좋아한 단어를 쓰자면,
떨리고 있다. 이보다 재미없게 표현하자면 정원 관리에 손이
많이 가는 때다. 퍼시의 딸 마리는 무딘 칼을 가지고 무릎을
땅에 대고 앉아서 몇 시간이고 벽돌길 위의 잡초를 긁어내던
일을 기억한다. 나는 레너드가 정원 계획을 세우고 꽃과 나무를
심을 때 어디서 아이디어를 얻었는지 궁금해한 적이 많다.
필립 경과 오털라인 모렐 부인이 살던 가싱턴 매너를 레너드가
처음 방문한 때는 1917년 11월이었다. 나는 오털라인 모렐의
회고록을 읽다가 다음 구절을 마주쳤다. "어제 정원을 걷다가
꽃들을 바라보며 너무도 행복했다. 갈색 테를 두른 해바라기,
니포피아, 풀협죽도, 몬트부레치아, 백일홍, 메리골드, 모두 함께
화려하게 한가득 피어나 있었다."[1] 가싱턴 매너에는 '테라스'라고
불리는 널찍한 잔디밭이 있었고, 물고기연못이 여러 개 있었으며,
주목과 이탈리아 조각상으로 둘러싸인 직사각형 연못, 좁은
길들이 교차하는 화원이 있었다. 화원 사이로 난 그 길들을 따라
걷다보면 화단에 가득한 "황홀하도록 눈부신"[2] 꽃과 나무들
사이에서 신비롭다는 느낌에 싸인다. 이렇게 가싱턴 정원을
묘사한 글들을 읽고 나면 레너드가 몽크스 하우스 정원에 변화를
주기 시작했을 때 가싱턴 정원의 기억을 마음에 담고 있었던 게
아닐까 생각하게 된다.

(오른쪽) 레너드는 무화과나무 정원에서 시작해 물고기연못 정원을 지나
과수원으로 이어지는 길에 맷돌을 놓았고, 돌과 포장 재료를 섞어서
맷돌 주위에 깔았다. 버지니아는 돌을 깔아서 길을 만드는 일이
꽤 재미있었다고 말한다.

몽크스 하우스의 벽돌길 배치도

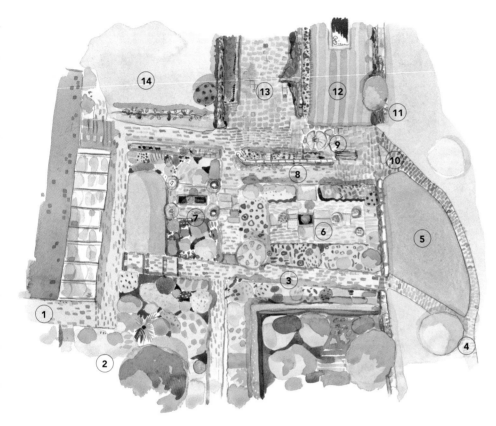

1. 출입문에서 이어지는 길
2. 이탈리아 정원
3. 꽃길
4. 옆 페이지 사진을 찍은 지점. 담 사이의 공간 안쪽에 물고기연못 정원이 보인다. 1919년에는 담 사이가 막혀 있고 과수원으로 통하는 문이 달려 있었다.
5. 과수원
6. 담이 있는 정원
7. 맷돌 테라스
8. 예전 곡물창고 담
9. 아래 왼쪽 사진에 나온 맷돌과 돌이 있는 곳. 버지니아와 레너드가 돌을 깔았다.
10. 아래 중앙 사진에 나온 삼각형 모양으로 자란 캐모마일이 있는 곳
11. 옆 페이지 사진에 나온 벤치가 있는 자리
12. 물고기연못 정원
13. 무화과나무 정원
14. 버지니아의 침실 정원

담이 있는 정원

예전에 세탁장과
노천 변소가 있던 자리

뒤뜰 잔디 정원

맷돌 테라스

19세기에 몽크스 하우스 주인은 글레이즈브룩 가족으로, 이들은
마을 위로 솟은 구릉 꼭대기에 있는 로드멜 제분소 주인이기도 했다.
1912년 제분소를 허물면서 맷돌 몇 개가 몽크스 하우스로 내려왔고,
7년 후 버지니아와 레너드는 이 맷돌들을 발견한다. 길에 맷돌을 까는
아이디어는 원예가이자 정원 디자이너인 거트루드 지킬의 정원에서
처음 사용되었다. 1908년에 지킬이 디자인한 버그 하우스 정원이 그
예다. 레너드가 이 사실을 알고 있었을 수도 있으며, 지킬이 창조한
여러 아츠앤드크래프츠 정원을 방문하거나 책에서 그 정원들에 관해
읽었을 수도 있다. 또는 맷돌을 길에 까는 것이 글레이즈브룩 가족의
역사를 정원 분위기 안에 녹여내면서 '이곳에 살았던 사람들이 조용히
이어지고 있다'는 느낌을 한층 더하는 방법이라는 생각이 그냥 떠오른
것일 수도 있다.

(오른쪽) 매년 씨를 뿌려서 백일홍을 키웠다. 백일홍이 풍성하고
높게 자라면 맷돌 테라스 한가운데에 선명한 붉은색 물감을 뿌린 것 같았다.
우리의 할 일은 거기서 민달팽이를 계속 잡아내는 것이었다.

"햇살이 눈부셨던 어제 클라이브와 메리가 들렀다.
우리는 맷돌 위에 앉았다."[1]

버지니아 울프

런던에 있던 레너드는 벽돌길을 새로 깔 구상으로 루이스에 있는 필콕스 형제 건축에 편지를 보낸다. "집 앞길에 오래된 맷돌 세 개가 있습니다. 하나는 문 앞에 있고 두 개는 수도 가까이에 세워져 있어요. 이 맷돌들을 길에 사용하고 싶습니다. 커다란 맷돌 두 개는 문 앞쪽에 원 모양으로 보이게 놓을 수 있겠고, 작은 맷돌 하나는 출입문 가까이에 있는 계단을 지나 길이 시작되는 부분에 놓을 수 있겠네요. 제 생각엔 잔디밭과 수평을 이루도록 벽돌을 깔면 될 것 같습니다."[2]

필콕스는 레너드가 런던에서 돌아오길 기다렸다가 맷돌을 어디에 놓을지 최종 결정하겠다고 답한다. 나는 레너드와 필콕스가 몇 걸음 길이인지 함께 길을 재어보고, 잔디밭 맨 위쪽에 벽돌을 깔아서 작은 테라스를 어떻게 만들지 정하는 모습을 상상해본다. 맷돌을 테라스 네 모서리에 하나씩 두기로 한 것이 누구 아이디어였는지는 알 수 없지만, 잔디밭으로 맷돌이 조금씩 둥그렇게 튀어나오도록 한 배치는 절묘하다고 할 만하다. 옆 페이지의 사진을 보라. 사진 오른편 끝에 살짝 보이는 배나무와 사진 중앙 담 사이의 공간을 대부분 곡물창고가 차지하고 나머지는 전부 잔디밭에 흩어져 있었을 때를 상상해볼 때만, 우리는 레너드가 정원을 창조하는 데 보인 재능을 제대로 인식할 수 있다. 정원에 맷돌이 몇 개가 있었는지는 모른다. 세 개보다 많았을지도 모르고, 건축업자가 맷돌을 더 사라고 했을 수도 있다. 맷돌은 몽크스 하우스 벽돌길에 반복적으로 나타나는 테마이다. 옅은 이랑 무늬가 있는 둥그런 맷돌은 마치 바위에 남은 암모나이트 화석처럼 보인다.

맷돌테라스는 정원에서 앉아 있기 좋은 곳이었다. 맷돌 가장자리에 앉아서 커다란 테라코타 올리브기름 항아리에 등을 기댈 수 있었다. 1928년의 어느 더운 날 뜨듯한 맷돌 위에 앉아 있는 버지니아를 상상해보자. 그리고 다음과 같은 일이 일어난다. "이 타는 듯 더운 날 정원에 앉아서 원고를 읽으려고 애쓰고 있는데, 번쩍이는 책들이 담긴 가방을 든 초라한 늙은 여인이 나타나서 하느님을 믿느냐고 물었어요. 하느님을 믿는다면 내가 책을 사야 한다고 했고, 믿지 않는다면 그럴수록 더욱 책을 사야 한다고 하더라고요. 그래서 우리는 신과 영혼에 관해 논쟁하기 시작했는데 (…) 벚나무에서 담쟁이덩굴을 뜯어내고 있던 레너드는 내 쪽으로 잔가지를 던지고만 있었고요."[3]

버지니아와 이 여인의 대화를 얼마나 들어보고 싶은지! 그 불쌍한 여인은 때마침 버지니아에게 물건이 배달되어오는 바람에, 어쩌면 신의 도움으로 구출되어 달아날 수 있었다.

(옆 페이지) 초봄의 정원. 레너드의 서재 발코니에서 찍은 사진. 몇 주만 지나면 화단의 꽃과 나무가 무성하게 솟아올라서 12~13쪽에 나오는 경관으로 변한다는 사실에 나는 언제나 놀라워했다.

(위) 맷돌은 몽크스 하우스 정원 이곳저곳에 사용됐다. 길에 깔렸고, 다른 공간으로 넘어가는 지점에 놓였고, 계단에 쓰였다.

(아래) 버지니아는 사진 찍기 위해 포즈 취하는 일을 좋아하지 않았다. 이 사진은 그답지 않게 포즈를 취하고 찍은 사진이다(레너드가 나오는 비슷한 사진이 있다). 나는 두 사람이 맷돌 테라스를 완성하고 축하하기 위해 사진을 찍은 것이 아닌지 상상해본다. 우리 고양이들이 그랬듯 핑커도 따뜻하게 데워진 맷돌 위에서 햇볕을 쬐고 있다.

"정원에 백일홍이
가득이야. 백일홍에는
민달팽이가 가득하고.
L이 밤에 랜턴을 들고
나가서 달팽이를 잡아.
우지직 눌러 죽이는
소리가 들리지."⁴

버지니아 울프

(왼쪽) 이 커다란 테라코타
항아리들이 어디서 왔는지는
안타깝게도 알려져 있지 않다.
이 항아리들은 가장 초기의 정원
사진에서부터 나온다. 몽크스
하우스에 처음으로 와본 뒤
버지니아는 쓴다. "길이 시작되는
곳에 있으며 샘파이어 다발이 얹혀
있는 커다란 흙항아리. 항아리
하나. 두 개가 아니라."⁵ 우리는
《등대로》에서 램지 씨가 "붉은
제라늄이 늘어진 항아리들을 다시
보았"던 것에서 아이디어를 얻어
샘파이어 대신 제라늄을 심었다.

(옆 페이지) 레너드는 백일홍을
대단히 좋아했다. 자색이 섞인
부드러운 푸른빛과 짙은 주황색의
조합은 버네사 벨의 그림에 자주
나타난다. 이런 색 조합은 버네사의
딸 안젤리카 가넷이 구아슈 물감을
써서 그린 유쾌한 느낌의 작품에서도
찾아볼 수 있다(97쪽을 보라). 현재 이
그림은 버지니아의 침실 벽난로 위에
놓여 있다. 사진에 나온 페로브스키아
'블루 스파이어', 자생(自生)
캄파눌라, 크로코스미아(버지니아는
크로코스미아를 몬트부레치아라는
옛 이름으로 부르곤 했다)도 그러한
색 조합을 이룬다.

테라스

무화과나무 정원

과수원

물고기연못 정원

레너드는 "연못을 향한 열정"[1]이 가득했다.
파운드 크로프트 들판을 구입한 후 정원에서 처음 바꾸고자
한 곳은 무화과나무 정원 옆의 땅으로, 그 땅 한가운데에 레너드는
네모난 모양의 깊은 연못을 만든다. 남쪽으로 열려 있는
이 좁고 길쭉한 구역은 삼면이 돌담으로 둘러싸여 있고
담 사이로 과수원이 내다보인다. 벽돌 테라스가 있는
글쓰기 오두막을 새로 짓기 전까지 물고기연못 정원은
울프 부부가 손님들과 함께 풀 위에 깔개를 펼치고 누워 있거나
낡아서 기우뚱한 캔버스천 의자에 나른하게 기대어
시간을 보낸 곳이었다.

(오른쪽) 봄에 튤립이 목련과 동시에 개화하길 바라면서 우리는 매년 튤립을
같은 조합으로 심었다. '에스더' 튤립, '네그리타' 튤립, '퀸 오브 나이트' 튤립이다.
여름의 색 조합은 봄철과는 꽤 다르다. 우리는 흉상이 놓인 담을 따라 내한성이 있는
후크시아를 심고 그 중간중간에 진분홍색 접시꽃이 나오도록 했다.

(옆 페이지 위 왼쪽부터 시계 방향으로)
1) 접시꽃목련 '레네이'
2) 할미꽃. 아네모네와 비슷하게
생긴 화사한 꽃도 좋고 솜털로 덮인
씨앗머리도 좋아서 우리는 할미꽃을
키웠다. 3) 향기제비꽃 '쾨르 달자스'.
1954년에 레너드가 주문한 기록이
있는 꽃이다. 4) 버지니아 울프의
흉상 주변에 피어난 신비롭도록
아름다운 붓꽃.

(위 왼쪽) E. M. 포스터, 레너드, 그리고
녹슨 톱. 1934년 4월 7일 옛 공구창고
밖에서 버지니아가 찍은 사진.

(위 오른쪽) 버지니아의 조카인
안젤리카 벨과 줄리언 벨, 그리고
줄리언의 친구인 사진가 레티스 램지가
물고기연못 정원에서 찍은 사진. 몽크스
하우스 앨범이 인터넷에 공개되면서
버지니아 울프의 팬들은 레너드와
버지니아의 사진을 볼 수 있게 됐다.
나는 몽크스 하우스 앨범에서 이
사진을 발견하고는 몹시 흥분했는데,
공구창고를 개조한 첫 번째 글쓰기
오두막을 볼 수 있었기 때문이다. 뜰
사이의 공간에 솟아 있던 이 오두막
자리에는 이제 커다란 목련나무가 서
있다.

버지니아는 몽크스 하우스에서 손님을 맞는 일이 좋기도 하고 싫기도 했던
것 같다. 손님이 있는 날은 평화롭지 못한 날이고, 평화롭지 못하면 일을
할 수 없었다. "사람들이 오면 좋지만 사실 가면 더 좋다"[2]라고 버지니아는
일기에 털어놓는다. 손님들이 도착하자마자 떠났으면 하고 바랄 때도 잦았다.
레너드와 오래도록 가까운 친구로 지낸 E. M. 포스터는 버지니아 앞에서는
늘 다소 긴장했는데, 한번은 소설가 크리스토퍼 이셔우드에게 편지를 써서
몽크스 하우스에서 보낸 끔찍한 주말을 묘사한 적이 있다. "그렇게 나를 혼자
내버려둬서 엄청 부아가 났지. 울프 부부는 신문을 읽어. 레너드는 〈옵저버〉를
읽고 버지니아는 〈선데이 타임스〉를 읽네. 그런 다음엔 각자 집필실에 틀어박혀
점심때까지 글을 써. 적어도 L은 방금 나오긴 했지만, 난 기분이 나빠서 자네에게
보내는 이 편지를 계속 쓰고 있고, 너무나 불쾌하게도 L은 작고 녹슨 톱을 가지고
부들레야에서 죽은 나뭇가지를 잘라내고 있어. 버지니아는 이제 내 사진을 찍어야
한다고 그러는군. 레너드는 좋은 생각이라면서 계속 부들레야에 톱질을 하고
있네. 1시 5분 전인데 아무도 (…) 종이 울리고 나는 이 편지를 필히 아무도 못
보게 점심시간 동안 안전한 곳에 둬야겠어."[3] 점심식사는 아마 맛있었을 것이다.
수년 후 포스터는 버지니아가 좋은 음식을 제대로 묘사할 수 있을 뿐 아니라
식탁에 내놓을 줄도 알았다고 쓴다.

공구창고를 개조한 글쓰기 오두막에서는 물고기연못 정원이 내려다보였고,
아마 이곳에서 버지니아는 글을 쓰다가 눈을 들어 레너드가 접시꽃 심는 모습을
바라보았을 것이다. 아니면 레너드와 퍼시 바살러뮤가 "초콜릿빛이 도는 갈색"[4]
연못에 연결할 도관을 설치하는 모습을 지켜봤을 수도 있다. "덥고 화창한 날이야.
나는 정원 별채에 앉아 있어. 이곳에선 다운스와 습지대가 환히 보이고 레너드의
물고기연못이 비스듬히 내다보여. 우리는 물고기연못에서 금붕어를 지켜보는 데
정열을 쏟아붓고 있어. 금붕어 네 마리와 잉어 한 마리가 있는데, 모두를 한꺼번에
볼 수 있는 경우는 정말 드물어. 지금 헤이그 회의에서 논의되고 있는 일보다
물고기 구경이 우리 둘에게 더 중요하다고 장담해."[5]
물고기연못은 버지니아의 마지막 소설 《막간》에 등장한다. "루시는 여전히 수련

"우리는 물고기연못에서 금붕어를
지켜보는 데 정열을 쏟아붓고 있어."

버지니아 울프

연못을 바라보고 있었다. '모두 사라졌어,' 루시는 중얼거렸다. '잎사귀들 아래로.' 스치는 그림자에 겁을 먹고 물고기들이 숨어버렸다. 루시는 물을 바라본다. 무심히 십자가를 어루만진다. 그러나 눈은 물고기를 찾아 물을 향했다. 수련이 닫히고 있었다. 붉은 수련, 흰 수련이 각자의 잎사귀 접시 위에서."

물고기정원 안 식재(植栽)는 전에도 그랬고 지금도 여전히 돌담 아래 석회질 흙이 차 있는 좁은 화단에만 한다. 물고기정원의 흙은 메말랐고 화초가 잘 자라질 못하는, 정원에서 가장 척박한 땅이다. 1932년의 정원 평면도(189쪽)를 보면 물고기정원 북쪽 담 쪽에 과일나무 세 그루가 표시돼 있다. 지금은 북동쪽 모서리에 무화과나무 한 그루만 있으며, 스티븐 톰린이 제작한 버지니아의 청동 흉상 옆에 아름다운 접시꽃목련 '레네이'가 있다. "개똥지빠귀같이"[6] 생겼다고 버지니아가 표현한 적이 있는 작가 톰린의 흉상 제작을 위해 그 앞에서 포즈를 취하는 건 톰린과 버지니아 둘 모두에게 즐거운 경험은 아니었다. 버지니아는 톰린을 좋아하긴 했지만 시선을 받는 것을 싫어했다. 버지니아는 [양산살이나 코르셋 뼈대로 사용된] "구부린 고래수염처럼"[7] 꼼짝도 못하고 붙들려 있다고 느꼈다. 후에 레너드는 버지니아가 모델로 서는 일에 하도 진저리를 친 나머지 아내가 병이 날 것 같다고 생각했다고 한다.[8] 흉상 작업을 채 끝내기도 전에 레너드가 작업을 그만둬달라고 부탁해서 톰린은 분명 실망했을 것이다.

(위 왼쪽) 레너드는 이 물고기연못을 사랑했다. 레너드가 연못 안을 들여다보고 있는 사진이 여러 장 있고, 오래된 토피 사탕 통에서 물고기 밥을 꺼내주고 있는 사진들도 있다.

(위 오른쪽) 작가 존 레이먼과 함께 있는 버지니아. 1930년대 초반 몽크스 하우스에서 찍은 사진이다. 버지니아의 조카 줄리언의 친한 친구인 레이먼은 호가스 출판사에 수습 매니저로 합류했다가 1년쯤 후 여행을 하기 위해 일을 그만둔다. 나중에 레이먼은 다시 출판사로 돌아오고, 1938년에 버지니아가 가지고 있던 출판사 동업자 지분을 산다.

(오른쪽 그리고 아래)
남쪽에서 빛이 들어오는
물고기연못 정원.
버지니아 울프 사후,
레너드는 연인이었던
트레키 파슨스에게
다음과 같은 편지를 쓴다.
"오늘밤 여기로 돌아왔을 때
당신이 여기 있어서 함께
연못을 바라볼 수 있다면
얼마나 좋을까 생각했습니다.
연못은 붉은색과
크림색 수련으로 가득하고
눈부신 파란 하늘이
그 안에 비칩니다."[9]

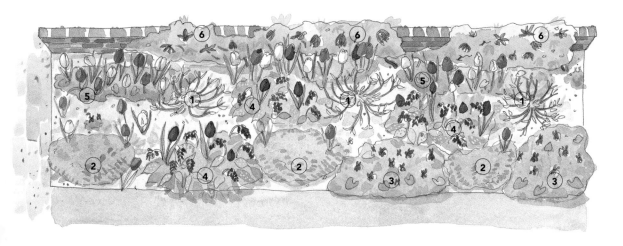

봄을 위한 튤립 식재도

이 단순한 식재 계획은 파란색과 분홍색 풀모나리아 꽃들이 몹시 사랑스럽게
어우러진 모습에서 아이디어를 얻었다. 나는 버지니아와 레너드의 흉상이 놓여 있는
1미터 높이 돌담 아래 좁은 화단을 어떻게 가꿀지 고민했다. 돌담 동쪽 아래에 있는
이 화단의 흙은 석회질에 척박해서 가꾸기 쉽지 않기 때문이다.
우리는 목련의 개화 시기에 맞춰, 늦게 피는 세 가지 색의 홑꽃 튤립을 섞어
심었다. 여름엔 내한성이 있는 마젤란후크시아 덤불 세 개가 솟아나고, 그 사이에
네페타 라케모사 '워커즈 로우'가 커다랗게 덤불을 이룬다. 이런 식재 계획에
큰꽃삼지구엽초 '릴라피'를 추가해 담을 따라 심었다. '릴라피'의 하트 모양 잎사귀와
여린 자줏빛 꽃은 튤립을 멋지게 돋보이도록 해준다. 여기에 알리움 케르누움을
군데군데 조금씩 섞을 수도 있다. 봄이면 그 조그만 분홍 종 모양 꽃들이 샤워기
꼭지처럼 동그랗게 모인 모습으로 피어난다. 알리움 케르누움은 다른 화초 사이에
심어야 하는데, 줄기를 지탱해줄 것이 필요하고 또 시들어갈 때 그 볼품없는
잎사귀를 숨길 수 있기 때문이다. 이후 후크시아와 네페타가 무성해질 즈음
삼지구엽초와 풀모나리아와 제비꽃도 여러 색으로 피어나 어우러진다.
레너드가 키운 파란색 향기제비꽃은 '거버너 헤릭(교배종)'과 '프린세스 오브
웨일스'로 둘 다 흔치 않은 품종이었다. 향기제비꽃들과 함께 풀모나리아 '블루
엔슨'이 '에스더', '네그리타', 어두운 빛깔의 '퀸 오브 나이트' 튤립의 바탕이
되어주면서 색을 더한다. 튤립 구근을 얼마나 심을지는 어떤 효과를 주고 싶은지에
달렸다. 나는 튤립이 한 무더기씩 띄엄띄엄 있는 것이 한 구역을 가득 채우는 것보다
더 좋다(한 구역에 꽉 차게 튤립을 심을 때 보통 추천되는 구근 개수는 1평방미터당 70구나
된다). 또 튤립 몇 개만 다른 화초 아래 두어도 좋다. 예를 들어 풀모나리아 '블루
엔슨' 아래에 튤립 '퀸 오브 나이트'를 두는 것이다. 봄의 끝, 여름이 채 시작되기
전엔 정원을 보기 좋게 유지하기가 어려운데, 이땐 비어 보이는 곳에 매발톱꽃을
흩어놓으면 좋다. 우리는 튤립 구근을 캐지 않고 땅속에 남겨뒀으며 매년 구근을
거기에 더해 심었다.

1. 마젤란후크시아 '버시컬러'
2. 네페타 라케모사 '워커즈 로우'
3. 향기제비꽃 '인텐스 블루'
4. 풀모나리아 '블루 엔슨'
  (이 아래로 심을 튤립 '에스더'
  몇 구근을 남겨둔다).
5. 큰꽃삼지구엽초 '릴라피'.
  튤립과 함께 다른 화초 사이에
  심는다. 알리움 케르누움을 함께
  심어도 좋다.
6. 클레마티스 몬타나 '마저리'

**튤립이 돋보이도록 다른 식물과
함께 심을 때 구근 개수**
네그리타 100, 퀸 오브 나이트 75,
에스더 100

(옆 페이지 위 왼쪽부터 시계
방향으로) 1) 튤립 '에스더'와
튤립 '퀸 오브 나이트' 2) 풀모나리아.
원래부터 있던 이 풀모나리아를 여러
곳에 옮겨 심었다. 3) 클레마티스
몬타나 '마저리' 4) 향기제비꽃
5) 튤립 '퀸 오브 나이트'
6) 무스카리 아르메니아쿰 '발레리
피니스'.

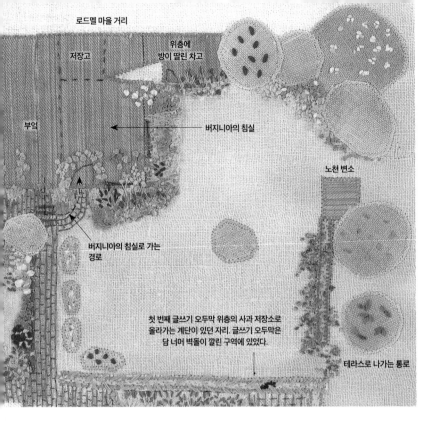

저장고

위층에
방이 딸린 차고

부엌

버지니아의 침실 ←

버지니아의 침실로 가는
경로

노천 변소

첫 번째 글쓰기 오두막 위층의 사과 저장소로
올라가는 계단이 있던 자리. 글쓰기 오두막은
담 너머 벽돌이 깔린 구역에 있었다.

테라스로 나가는 통로

버지니아의 침실 정원

파운드 크로프트 들판을 사들인 후 1929년에 레너드는 정원을 새로
만들 계획을 세우는 데 여념이 없었고, 버지니아는 자기 방을 지을
계획을 세웠다. 그해 초 두 사람은 베를린으로 여행을 가서 덩컨 그랜트,
버네사, 버네사의 아들 퀜틴 벨과 합류하고, 마침 베를린에 있던 비타와
해럴드 니컬슨 부부도 만난다. "베를린 유흥"[1]으로 피곤해진 데다가
돌아오는 길에 뱃멀미를 하지 않도록 버네사가 준 베로날에 과민반응을
일으키는 바람에 버지니아는 병이 난 채로 집에 도착한다. 진정제로 쓰인
"브롬화물이 담긴 잔"[2]을 건네받아 마시고, 방문객이 금지된 채로 몇
주를 침대에서 누워 보낸 후 3월 말이 되자 상태는 나아진다. 버지니아는
"대단히 창의적인 책"[3]을 산뜻한 마음으로 시작하기 위해 에세이 〈수선의
단계들〉을 먼저 탈고하기로 결심한다. 앞서서 글을 쓸 수 있는 방을 새로
만드는 일이 우선순위 맨 위에 놓였다. "내겐 새로 방을 만들 돈과 그 안에
필요한 물건을 들여놓을 돈이 있다."[4]

(오른쪽) 창문을 감싼 장미는 '프랑세스 마리'로, 힐 하우스의 아츠앤드크래프츠 정원에서
발견한 오래된 품종의 장미다. 여러 번 개화하는 장미가 아니기 때문에 이 장미가
시들 즈음엔 클레마티스 '마담 쥘리아 코레봉'이 라벤더 펜스테몬, 캄파눌라, 그리고 나중엔
아스터와 함께 정원에 색을 준다.

(오른쪽) 버지니아의 침실에서 본 풍경. 침실은 1929년 "배나무들이 있는 곳"에 새로 지어졌다. 우리는 2001년에 '뵈레 아르디'와 '윌리엄스 봉 크레티앙' 배나무를 다시 심었는데, 레너드가 재배하던 품종들이다.

(옆 페이지) 벽난로 가장자리 타일 장식은 버네사 벨이 했다. 진한 붉은색 돛을 단 작은 배와 등대가 그려져 있으며, 버지니아가 좋아한 녹색이 옅게 발려 있다. 1929년에 이 방을 칠하기 위해 녹색 페인트 2파운드[약 1킬로그램]를 주문했다고 한다. 커튼은 덩컨 그랜트가 1932년에 디자인한 직물인 '포도'의 복제품이다.

(아래) "아름다운 녹색 그릇을 선물받고 답신도, 감사 인사도 못했다니 부끄럽네요. 그 작은 그릇은 몽크스 하우스에 있는 세면대의 일부가 되었어요. 과도하게 아름다운 비누 받침으로 쓰이고 있지요."5

"언제나 갖고 싶었던 사랑스럽고 멋진 방."6 버지니아 울프

버지니아의 머릿속에 맴돌고 있던 책은 나중에 《파도》가 된다. 작업을 시작할 때 가제는 《나방들》이었고, 이 제목은 프랑스 카시에 머물고 있던 버네사의 편지에서 아이디어를 얻었다. 편지에서 버네사는 램프 주위를 퍼덕거리며 날아다니는 거대한 나방들을 묘사한다. 날씨가 추워지면 공구창고를 개조한 집필실에서는 글을 쓸 수가 없었으며, 담요로 몸을 휘감아도 소용없었다. "필콕스가 와서 방 두 칸을 휘리릭 스케치했어. 이제 나는 그 결과를 기다리고 있어. 신나서 몸이 떨려."7 위층은 버지니아의 침실이 되고 아래층은 또 다른 집필실이 될 예정이었다. "부엌 옆, 배나무들이 있는 곳에 방을 지을 거야. 아마도 벽돌로, 그리고 흰색으로 칠할 거야."8

건축업자와의 사이에 오간 편지를 보면, 방을 만들 자리에 과일나무 몇 그루가 있었고 집 확장을 위해 그중 적어도 한 그루를 잘라내야 했다는 걸 알 수 있다. 공사는 1929년에 시작되었고, 완공은 예상보다 시간이 더 걸려 같은 해 12월에야 방을 쓸 수 있게 된다. 나는 버지니아와 레너드가 위층에 처음 들어가봤을 때를 상상해본다. 두 사람은 판자를 맞물려 만든 좁은 계단을

(위 그리고 옆 페이지) 1936년 몸 상태가 안 좋았던 시기, E. M. 포스터에게 쓴 편지에서 버지니아는 말한다. "내가 가지고 있는 셰익스피어 책(스물아홉 권)을 전부 색지로 다시 싸고 있어. 끝나고 나면 그중 한 권을 읽어야지."[9] 버지니아는 예전에 제본 기술을 배운 적이 있다. 셰익스피어 책을 싼 종이에 버지니아가 직접 무늬를 넣었을 수도 있는데, 그가 재미있어하던 작업이기 때문이다. 또한 전쟁 시기에 버지니아가 마을학교 아이들에게 종이 무늬 넣는 법을 가르쳐줬을 수도 있다. 이 제본된 셰익스피어 책들은 최근에 몽크스 하우스로 돌아왔다. 페인트칠이 되어 있는 책꽂이에 책을 정리하기 전, 상자를 풀면서 나는 책등 라벨에 버지니아 특유의 글씨체로 적힌 글자들을 엄지손가락으로 쓸어보지 않을 수 없었다.

(아래) 프랑스풍 자기 항아리에 꽂은 튤립 '퀸 오브 나이트', 블루벨, 컴프리, 소엽털개회나무 '수페르바'.

걸어 올라가서, 정원부터 강가 목초지까지 이어지는 풍경이 내다보이는 그 밝고 따뜻한 방으로 들어갔을 것이다.

1934년부터 울프 부부의 요리사로 일한 루이 메이어(결혼 전 성은 에버리스트)의 회고에 따르면, 레너드는 매일 아침에 식사를 쟁반에 담아 버지니아에게 가져다줬고 침대에 같이 앉아 이야기를 나누곤 했다고 한다. 그렇다면 두 사람이 창밖 경관을 보며 이 방이 집에서 가장 멋진 방이고 침실로만 쓰기엔 아깝다는 데 동의하는 장면을 그려볼 수 있다. 보통 사람들보다 아픈 채로 침대에서 보내는 시간이 더 많았을지라도 말이다. "우리는 내 침실을 거실로 만들 계획이다. 경치 때문이다. 그 경관을 낭비하는 게 하루하루 지날수록 범죄처럼 느껴진다. 나이 든 사람들의 눈은 좋은 것을 보게 해줘야 한다."[10] 레너드와 버지니아는 가구를 옮겼고 아래층 방이 버지니아의 침실이 된다. 그리고 이 사실 때문에 버지니아 울프의 '독방'과 그것이 상징하는 바에 관한 무수한 학문적 이론이 생겨나게 된다. 몽크스 하우스를 둘러보면 누구나 이해할 수 있을 텐데, 집안에서 통하는 문을 새로 증축한 아래층 방에 만드는 건 불가능하다. 버지니아는 불편을 감수하기로 결정하고, 위층 방을 실내 집필실이자 저녁 시간에 두 사람이 함께 쓰는 거실로 사용하기로 한다. 1930년 9월에 날씨는 춥고 축축했다. "하지만 우리는 장작불이 활활 타오르는 새 거실에 너무도 아늑하게 있어요.

(옆 페이지) 1919년에는 버지니아의 침실 앞 잔디밭 구역에 지금과 완전히 다르게 '양배추와 장미가 어우러진' 제이컵 베럴의 텃밭이 있었다. 외대로 키우는 사과나무 뒤로 난 회분 포장길이 왼쪽으로 이어졌고, 길 끝에는 테라스로 나가는 커다란 나무 출입문이 있었다. 파운드 크로프트 들판을 구입한 후 레너드는 정원 북동쪽에 새로 채소밭을 만들지만, 원래 텃밭에 있던 과일나무와 이미 자리를 잡은 아스파라거스 화단은 그대로 남겨뒀다. 이 잔디밭 구역은 외대로 키우는 사과나무로 둘러싸여 있었고, 금속 막대에 건 끈이 사과나무 모양을 잡아줬다. 잔디밭 중앙에 있던 화단에는 채소, 꺾어서 쓸 꽃, 귀한 아스파라거스가 잔뜩 자랐다. 1960년대까지 이런 배치가 유지되었다.

(위) 증축한 2층 방에서 바라본 1933년의 경관. 외대로 키우는 과일나무가 돌담을 따라 서 있다. 현재 이 돌담은 등나무로 덮여 있다(81쪽을 보라). 울프 부부는 사진에 보이는 느릅나무 두 그루에 레너드와 버지니아라는 이름을 붙인다. 파운드 크로프트 들판 낮은 쪽에 서 있던, 가지가 서로 얽혀 있는 이 느릅나무들은 테라스 위로 훌쩍 솟아 있어서 거의 희미해진 옛날 사진에서도 장소를 알려주는 표지가 된다.

레너드의 정원은 마치 기적 같답니다. 커다란 흰 백합에 다알리아가 얼마나 찬란하게 피었는지 오늘 같은 날에도 기분이 밝아질 정도예요."[11]

정원에 있는 집필실이 너무 추울 때 버지니아는 이 새로운 위층 거실에서 글을 썼다. 몸이 좋지 않을 땐 아래층 침실에서 일했다. 버지니아는 잉크통을 붙여놓은 판자를 의자의 나무 팔걸이 사이에 걸쳐놓고 앉아서 글을 썼다. 니포피아, "정원에서 윙크하는"[12] 사과들 사이로 떠오르는 태양, 아스파라거스 화단 등 버지니아는 정원의 다양한 모습을 감상하려 의자 위치를 바꾸곤 했다. 밖으로 많이 드러난 방이어서 때로 불편하기도 했다. "저는 정원이 환히 내보이는 방에서 자고 옷을 갈아입는답니다."[13]

이 시기는 버지니아가 한창 《파도》 집필을 하고, 에설 스마이스와 열정적인 우정을 나누던 때였다. 작곡가이자 여성참정권 운동가인 에설 스마이스는 버지니아보다 스물네 살이 많았고, 그가 《자기만의 방》을 읽고 버지니아에게 편지를 보내면서 두 사람의 관계는 시작된다. 루이는 에설이 몽크스 하우스에 왔던 때를 회고한다. 에설은 "우스꽝스러운 낡은 차에서 나와 출입문 앞에 서서는 목청껏 버지니아를 불렀다"[14]고 한다. 에설은 버지니아에게 거의 매일 편지를 썼고, 전보까지 포함해 하루에 두 번씩 편지를 보내기도 했다.

레너드는 에설을 버지니아만큼 좋아하지는 않았다. 그리 놀랍지 않은데, 에설은 똑똑하지만 목소리가 큰 데다가 고집이 셌고(에설과 버지니아는 편지로 자주 논쟁을 벌였다) 호전적이며 다른 사람을 지배하려고 들었다. "안 돼, 안

"화단과 연못과 온실 위로
나무가 울창하게 자란 정원에서,
새들이 뜨거운 햇볕 속에
각기 노래하고 있었다."

버지니아 울프, 《파도》

돼, 안 돼요."[15] 버지니아가 에설이 살던 워킹에 가겠다고 했을 때
마음이 상한 레너드의 반응이었다. 에설은 버지니아에게 반해 있었다.
버지니아는 에설을 굉장히 좋아했고 충실한 친구가 되었으며 친밀하게
장난치는 말을 건네기도 했지만(적어도 편지에서는 그랬다) 사랑에
빠지지는 않았다. 두 사람의 나이 차와 에설의 막힌 데 없는 솔직함
때문에 버지니아가 무의식적으로 에설을 심리상담가처럼 여겼는지도
모르겠다. 버지니아는 자신의 삶에서 있었던 일들을 에설에게
털어놓았는데, 전에는 그런 적이 없었다. "광기는 아주 멋진 것이에요.
(…) 그 용암 안에서 나는 여전히 쓸거리 대부분을 찾는답니다."[16]
또한 두 사람은 서로의 지성을 존경했으며, 남성이 세계를 휘어잡고
굴려간다는 사실에 똑같이 분노하고 있었다. 이 주제에 관한 두 사람의
대화는 버지니아의 이후 작품인 《세월》과 《3기니》에 영향을 미친다.
《파도》의 막간 부분에서는 마치 회화처럼 새벽부터 황혼까지 바다
위를 움직여가는 태양을 묘사한다. 태양이 비추는 소설 속의 정원에는
몽크스 하우스 정원에서 들을 수 있는 특유의 소리들과 탤런드
하우스의 바닷소리가 가득 울린다. 탤런드 하우스는 버지니아가
어린 시절 콘월의 세인트아이브스에 있던 가족 별장이다.

(오른쪽) 북쪽을 향해 서 있는 높은 돌담을 따라 등나무가 쭉쭉 뻗으며 무성하게 자랐다.
테라스로 나가는 아치 출구 자리에 예전에는 커다란 나무 출입문이 있었다. 버지니아의
첫 번째 글쓰기 오두막 위층에 있던 사과 저장소로 올라가는 계단의 맨 아랫부분이
사진 오른편 아래, 수선화 잎이 보이는 곳 부근에 있었다.

(왼쪽) 6월, 버지니아의 침실 밖 작은 꽃밭에 라벤더, 펜스테몬, 캄파눌라, 회향, 회양목이 장미와 어우러져 있다.

나중에 버지니아는 탤런드 하우스 정원에서의 기억이 "지금 이 순간보다도 더 생생하다"[17]고 쓴다. 《존재의 순간들》에서 버지니아는 몽크스 하우스의 정원을 바라볼 때조차 언제나 탤런드 하우스 정원에 대한 기억을 프리즘처럼 통과해서 본다고 말한다. "화단과 연못과 온실 위로 나무가 울창한 정원에서, 새들은 뜨거운 햇볕 속에 각기 노래하고 있었다."[18] 에설과의 우정, 그리고 음악에 관한 둘의 대화가 《파도》의 아홉 개 막간 부분을 이루는 리듬에 영향을 주었을지, 내 안의 음악가는 궁금해한다. 버지니아는 일기에 적었다. "에설은 작곡이 소설 쓰기와 같다고 했다. 바다를 떠올리면 바다에 맞는 악구가 자연스럽게 떠오르고, 그걸 관현악으로 만드는 것은 색채를 더하는 일이다."[19]

건강이 여러 차례 안 좋긴 했지만 1930년은 버지니아에게 대단히 행복한 한 해였다. 《파도》를 써가는 풍요로운 창작 과정을 그의 일기에서 볼 수 있으며, 비타와의 우정도 계속된다. 버지니아는 비타의 별장을 방문하고, 비타가 사들인 시싱허스트성을 보러 가기도 한다. 에설은 흥미로운 편지를 쏟아붓듯 보낸다. 견디기 어려울 정도로 불편한 관계가 된 요리사 넬리 박스올을 태비스톡 스퀘어에 있는 런던 집으로 보내고, "우리 손으로 떨어진 또 다른 자두"[20]인 애니 톰셋이 몽크스 하우스에서 일하게 된다. 톰셋은 레너드가 구입해둔 마을 안에 있는 두 채의 농가 중 한 집에서 살면서 몽크스 하우스의 부엌일을 맡는다. 넬리의 퉁명스러움과 불평이 사라진 삶은 꽉 죄는 신발을 열이 나고 부어오른 발에서 벗겨낸 것처럼 좋았다. 그해 여름은 "최고로 편안하고", "우리가 몽크스 하우스에 들어온 이래 가장 행복하고 만족스러운 여름"[21]이었다. "하지만 다시, 아 내가 얼마나 행복한지. 얼마나 평온한지, L과 함께 지금 이곳에서의 삶이 얼마나 달콤한지. 규칙적이고 정돈된 생활, 정원, 밤의 내 방, 음악, 산책, 수월하고 즐거운 글쓰기."[22]

버지니아의 침실 정원 식재도

아래 식재 계획은 버지니아의 침실 밖에 있는 화단에서 아이디어를 얻어,
집 북쪽 모서리를 둘러싼 화단에 맞도록 짜본 것이다. 아래 나온 식물에
더해 봄에 피는 구근식물, 물망초, 진분홍 쑥부지깽이를 심어도 좋고,
그 뒤를 이어 피도록 알리움을 넣어도 좋다.
덩굴장미 두 그루를 배경으로 삼고, 그 앞에 초여름에 피는 클레마티스
몬타나 '마저리'와 그 이후 시기를 위한 클레마티스 '마담 쥘리아 코레봉'을
심는다. 레너드가 처음 몽크스 하우스를 구경할 때 "양배추와 어우러진
장미"[23]를 보았던 일을 떠올리며 장미 옆에 회향을 두어보았다. '샤를 드
밀스'는 우리가 아주 좋아했던 장미로, 땡볕에서는 하루 만에 꽃이 시들기
때문에 햇빛을 약간 비껴서 받도록 하는 게 좋다.

(옆 페이지)
큰 사진: 클레마티스 '마담 쥘리아 코레봉'.
작은 사진 1) 제라늄 '앤 포커드'와
오리엔탈양귀비 '카린'. 2) 펜스테몬 '클라레'와
알리움. 3) '샤를 드 밀스'.

1. 라벤더 '먼스테드'
2. 클라리세이지
3. 펜스테몬 '클라레'
4. 캄파눌라 락티플로라 '로든 아나'
5. 제라늄 '앤 포커드'
6. 페로브스키아(러시안 세이지)
7. 루피너스
8. 회향
9. 오리엔탈양귀비 '카린'
10. 장미 '프랑세스 마리'

11. 클레마티스 '마담 쥘리아 코레봉'
12. 클레마티스 몬타나 '마저리'
13. 장미 '마담 알프레드 카리에르'
14. 장미 '샤를 드 밀스'
15. 대상화
16. 아스트란티아 마요르
17. 흰색 풀협죽도
18. 수국 '블루 웨이브'
19. 명자나무 '니발리스'(흰색 산당화)
20. 회양목

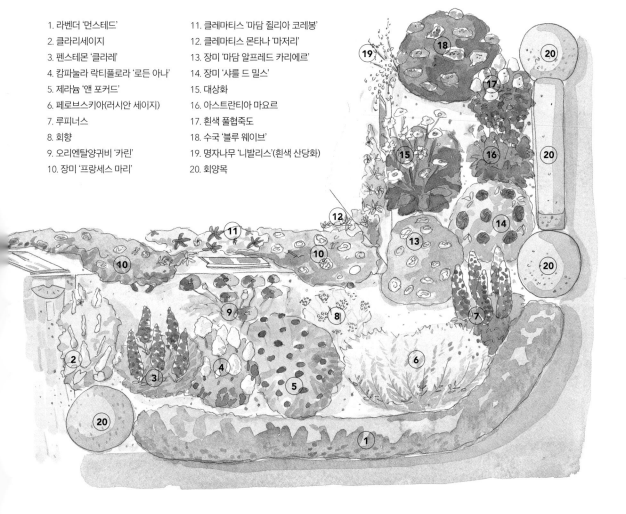

레너드의 장미

레너드는 장미를 사랑했지만
플로리분다 장미는
질색을 하고 싶어했다.
레너드가 주문한 장미와
그가 좋아한 장미에 관한
기록을 읽어 내려가면서
나는 우리가 심은 장미들을
레너드도 아마 괜찮게
여길 거라고 생각했다.

(왼쪽) '폴스 히말라얀 머스크'.

(위) '팡탱-라투르'.

(옆 페이지 위 왼쪽부터 시계 방향으로)
'폴스타프', '세실 브뤼네르(덩굴장미 아니
관목장미), '문라이트', '샤를 드 밀스'.

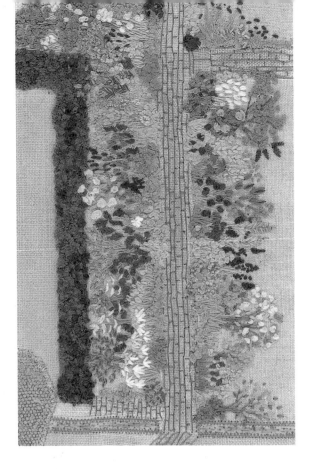

꽃길

뒤뜰 잔디 정원의 계단 맨 위부터 과수원까지 서쪽에서 동쪽으로
이어지는 긴 벽돌길 양측에 화단이 있다. 이 벽돌길이 꽃길이다.
꽃길의 남측에 있는 화단[옆 페이지의 사진 왼편]은 1.5미터
높이이며 그 뒤에는 주목 산울타리가 높게 자라 있다. 반대쪽
면의 화단[옆 페이지의 사진 오른편]은 담이 있는 정원의 남쪽
부분으로 높이가 3미터나 된다. 1919년엔 주목 산울타리 앞쪽의
화단이 풀밭에 솟아 있었고 벽돌길은 없었다. 꽃길을 그저 화단
한가운데에 나 있는 길로 보기 쉽지만, 사실 꽃길 양쪽 구역의
조건은 상당히 다르다. 꽃길 남측 화단은 주목 산울타리가 벽처럼
기능해서 낮 시간 동안 대부분 그늘 안에 있는 반면, 반대쪽
화단은 매일 몇 시간씩이나 햇빛을 받는다.

(오른쪽) 집 쪽을 향해 섰을 때 보이는 꽃길.

(왼쪽) 삼각대로 단단히
받친 장미. 그 아래에 제라늄
프실로스테몬을 심었다.

(오른쪽) 여러 종류의 델피니움.
그중에서도 하늘색 델피니움은
마저리 피시가 창조한 이스트
램브룩 매너 정원의 묘목장에서
구입했다.

(옆 페이지) 과수원 쪽을 향해
섰을 때 보이는 꽃길. 오른편에
보이는 영국붓꽃은 레너드의
식물 목록에도 있었다.

꽃길이 어떻게 만들어졌고 정확히 어떤 식물이 있었는지에 관해선 남은
자료가 거의 없다. 1967년 스티븐 피트가 제작한 BBC 다큐멘터리의 거친 흑백
화면에서 꽃길의 모습을 잠시 볼 수 있다. 레너드와 진행자 맬컴 머거리지가
과수원을 걷다가 과수원 끝부분에서 이어지는 꽃길로 들어오는 장면이 있다.
레너드는 정원과 과수원을 가르는 돌담의 과수원 쪽에 화단을 조성해두었는데,
그 장면에서 돌담 너머로 높고 무성하게 자란 여러 종류의 초목이 보인다.
레너드는 자신이 구입한 식물을 일일이 다 기록했지만 어디에 심었는지
쓴 적은 드물다. 버지니아의 일기와 편지에서 가끔씩 힌트가 튀어나오지만
몽크스 하우스에 살기 시작한 초반에 그친다. 그 당시에 레너드는 다알리아,
카네이션, 패랭이꽃, 해바라기, 아스터같이 나중 시기에 비해 좀 더 흔한 종류의
식물을 심곤 했다. "우리 정원은 여러 색으로 날염한 완벽한 직물 같다. 아스터,
진보라색 아스터, 백일홍, 뱀무, 한련화 등등. 눈부신 이 꽃들은 모두 꽃이라면
응당 그래야 하듯, 색지에서 오려낸 것처럼 빳빳하고 꼿꼿하게 서 있다."[1]
정원에 대해 사람들은 레너드의 꽃들이 '엄청나게 크고' '거대'했으며, '레너드가
키울 때 유독 크게 자라는 듯했다'고 기억한다. "정원이 가장 아름다운 때다.
눈부신 꽃들이 펼쳐진 커다란 꽃밭. 꽃잎들이 거의 감동적이다."[2] 몽크스
하우스의 흙은 마법을 품고 있었다. 혹은 퍼시가 정원에 주기적으로 분뇨 통을
비워서인지도 모른다.
나중에 레너드는 더 드문 종의 꽃들, 특히 구근식물을 좋아하게 됐다. 또 자신의
온실에서 꽃을 재배하길 즐겼다. 우리는 레너드가 프리지아와 카네이션을
대단히 성공적으로 길렀으며 온실에서 시네라리아와 글록시니아를 키웠다는
걸 알고 있다. 내셔널트러스트와의 임대차계약에 따라 우리는 제시된 목록에

"정원이 이렇게 아름다운 적이 있었나.
빨강, 분홍, 자주, 연보라빛으로 눈부시다."

버지니아 울프

있는 식물 중 몇 가지를 길러봐야 했는데, 하나를 제외하고는 모두 주황색이었다. 레너드는 니포피아를 좋아했고 온실에서 밝은 색깔의 식물들을 재배했다. 이 사실 때문에 그가 정원에 밝은 색깔의 꽃만 두길 좋아한 것처럼 보이기도 한다. 그러나 레너드의 정원 공책을 보면 그가 자주색, 분홍빛이 도는 자주색, 흰색 꽃도 좋아했다는 사실을 보여주는 증거가 많다. 버지니아의 일기도 이 사실을 뒷받침한다. "정원이 이렇게 아름다운 적이 있었나. 바로 지금도 전부 환하게 타오르는 듯하다. 빨강, 분홍, 자주, 연보랏빛으로 눈부시다. 카네이션은 커다란 다발로 피어나고 장미는 등불처럼 환하다."[3]

버지니아에게 정원 가꾸기는 취미였다고 할 수 있을까? 1907년 버지니아는 남동생 에이드리언과 함께 라이에서 여름을 보낸다. "우리에겐 진짜 시골 오두막이 있어요. (⋯) 정원과 과수원도요. 제겐 어느 하나 그리 흥미롭지 않네요. 꽃을 자르는 일은 끔찍하게 지루해요."[4] 반면 어린 시절 세인트아이브스에 있던 별장에 딸린 정원에 관해 남긴 글에서는 커다란 환희가 느껴진다. 이는 버지니아가 정원에서 즐거움을 얻었고 정원을 영감의 장소로 여겼다는 사실을 분명히 보여준다. 그럼에도 나는 버지니아가 정원 가꾸기에 특별히 흥미가 있었다고는 생각하지 않는다. 버지니아는 20세기의 가장 흥미로운 정원 디자이너 중의 한 명인 비타와 연인이자 가까운 친구였지만, 20여 년에 걸친 두 사람의 서신 교환에서 정원이라는 주제는 거의 올라오지 않았다. 편지에 남은 말을 보면 버지니아가 정원 일에 관해 잘 알지도 못했고 원예 기술도 없었다는 점이 분명하다. 아마 그는 원예를 주제로 비타와 대화하기엔 자신이 한참 부족하다고 느꼈을지도 모른다. 언젠가 비타는 레너드에게 줄 화초 선물을 버지니아에게 맡기지 않은 적이 있다. 버지니아가 화초를 방치해서 죽일지도 모른다고 걱정했기 때문이었다. 정원이 어떤 모습이면 좋겠는지 버지니아에게 의견이 있었다고 해도 그의 편지나 일기에는 증거가 남아 있지 않다. 그 대신 그는 "모두 레너드가 한 것"[5]이라며 정원을 자랑하는 데서 기쁨을 얻었고, 필요할 때 레너드를 즐거이 도왔다.

흥미롭게도, 버지니아가 소설에서 꽃을 등장시킬 때 레너드는 어떻게 고치면 좋겠다는 식의 충고를 하지 않았다. 버지니아가 집필을 마치고 처음으로 읽어봐달라고 원고를 건넬 때 늘 대단히 상처받기 쉬운 상태에 있다는 걸 레너드가 알고 있었기 때문일까? 작품을 객관적으로 판단한다는 편집자들, 거의 모두 남성이었을 그 편집자들이 쥔 빨간 펜 아래 버지니아의 작품 전체가 놓였더라면 당시 문학 세계는 얼마나 다른 모습이 되었을지 질문을 던져볼 수밖에 없다. 1919년 10월 《밤과 낮》의

출간 직후 리턴 스트레이치에게 쓴 편지에서 버지니아는 "내가 신경 써서 장미 장면을 다뤘다고 캐링턴에게 전해줘"[6]라고 부탁한다. 《밤과 낮》의 두 인물 메리 대칫과 엘리자베스 대칫이 링컨셔의 정원에서 12월에 "장미를 자르고 있었다. (…) 그리고 편평한 바구니에 장미 꽃송이들을 나란히 놨다"는 장면이 신뢰성이 떨어진다고 본 사람은 캐링턴뿐만이 아니었다. 〈타임스〉의 비평가도 그렇게 봤다. 미국 출판사 측에선 잘못된 부분이 있으면 수정해주길 버지니아에게 청한다. 버지니아는 가까운 친구인 바이올렛 디킨슨에게 조언을 구하면서, 12월의 큐왕립식물원에 분명 꽃자루가 긴 분홍 장미가 있었다고 말한다. 위 구절은 수정되지 않는다. 1927년 《등대로》가 출간되었을 때 어느 비평가의 비판을 버지니아는 편지에서 언급한다. "원예와 사언사 관련 부분이 전부 틀렸다고 했어. 헤브리디스제도에는 떼까마귀도 느릅나무도 다알리아도 없다고 하네. 내가 쓴 참새 부분도 틀렸고 카네이션 부분도 틀렸대."[7] 버지니아는 이런 비판에 크게 신경 쓰지 않았으며, 자기 지식이 부족한 걸 스스로 놀림감으로 삼기까지 했다. 다음 1937년의 편지가 그렇다. "제가 꽃 이름을 기억할 수만 있다면, 그리고 레너드가 이번 여름에 어떤 화초를 자랑스러워하는지 기억할 수만 있다면, 이 편지는 [정원 디자이너] 거트루드 지킬의 편지 같아지겠죠. 지킬만큼의 상식은 없겠지만요."[8]

(옆 페이지 위) 클레마티스 비티켈라가 한여름의 백당나무에 생기를 더하고 있다.

(옆 페이지 아래) 아스트란티아 '로마'와 라벤더. 아스트란티아는 여러해살이로 아무 데나 잘 어울리며 햇볕이 잘 들지 않는 곳에서도 잘 자란다.

(위 왼쪽) 캄파눌라 락티플로라 '프리처즈 버라이어티', 제라늄 '앤 포커드', 장미 '팡탱-라투르'.

(위 오른쪽) 클라리세이지와 매년 씨를 뿌려서 키우는 니겔라.

(오른쪽) "창백한 꽃들이 피어난
정원을 가로질러". 꽃길에 있는
흰에키나시아 '알바' 그리고
코스모스 '퓨리티'. 레너드는
흰 꽃을 좋아했다. 이 화단에서
더 올라가면 흰색 대상화 덤불이
크게 자리한다. 우리는 매년
흰색과 진분홍색의 코스모스를
많이 키웠다. 코스모스는 첫
서리가 내릴 때까지 피어 있어서
화단을 채우기에 제격이다. 또한
재배하기 쉽고 어느 토양에서든,
향(向)이 어떻든 잘 자란다.
코스모스 '퓨리티'는 기대어 자랄
것이 필요하다.

'블룸즈버리 분위기'로 가꾼 화단

내셔널트러스트는 우리에게 '블룸즈버리 분위기'를 정원에 더해보면 어떻겠냐고, 밝은 색조를 사용해서 그린 회화 스타일로 한번 가꿔보라고 제안했다. 이런 이유로, 몽크스 하우스에서 지낸 첫 여름에 흰 꽃이 마치 그림처럼 흐드러지게 피는 풀협죽도 '알바'가 중앙 화단을 가로질러 고개를 내밀었을 때 우리는 깜짝 놀랐다. 이 중앙 화단은 꽃길의 반절을 차지하며 담이 있는 정원과 맞닿아 있다. 그해 여름 이 화단에 서 있으면 마치 엄청나게 큰 파도가 부서지며 생긴 거품 속에 있는 것 같았다. 우리는 화단에서 풀협죽도를 파내서 정원의 더 그늘진 구역들에 옮겨 심었다. 컴프리 아래 심어두면 풀협죽도가 봄에 단정한 초록 싹을 피워내면서 구근식물들을 돋보이게 할 거라고 생각했기 때문이다. 당시 우리에겐 채워야 하는 널찍한 빈 땅이 있었고, 옆 페이지 식재 계획은 폭이 12미터쯤 되는 이 화단의 한쪽 모서리를 위해 짜본 것이다. 우리는 안젤리카 가넷이 그린 자그마한 작품(옆 페이지 위)에서 아이디어를 얻어 회색빛이 도는 파랑색과 자주색의 니겔라를 심었고, 캄파눌라 락티플로라 '프리처즈 버라이어티'와 네페타 '워커즈 로우'를 심었으며, 그 뒤쪽으론 어두운 주황색과 함께 밝은 분홍색이 살짝 들어가도록 원추리, 백일홍, 멕시코해바라기를 심었다.

자원봉사로 정원 일을 돕는 재닛은 은퇴 전엔 사회복지사였으며 박식하다. 수요일 아침마다 가지런히 정리된 도구 바구니를 들고 오는 그가 월계화 '무타빌리스'를 심어보는 게 어떠냐고 제안했다. '무타빌리스'는 청동빛 잎사귀와 분홍색이 도는 구부러진 줄기를 지녔고, 그래서 원래부터 그 자리에 있던 에우포르비아 그리피티 '파이어글로우' 덤불 뒤편에 심으니 잘 어울렸다. 봄철을 위해 우리는 '파이어글로우' 아래에 튤립 '발레리나'와 '퀸 오브 나이트', 어두운 주황색의 프리틸라리아 임페리얼리스 '오로라'를 심었다. 잘 알려져 있듯 프리틸라리아 임페리얼리스에서는 불쾌한 냄새가 나지만 그래도 레너드는 이 꽃을 사랑했다. 여름이 되면 '무타빌리스'는 짙은 초록 잎사귀가 달린 식물들의 뒤편에서 멋진 배경이 되어주었고, 봄에 흙을 뚫고 나온 여러해살이 제라늄이 진홍색 꽃봉오리를 내밀 때도 잘 어울렸다. 월계화 '무타빌리스'는 몇 달 동안 꽃이 피어 있으며, 그 나뭇잎은 가을꽃들과 잘 어울린다. 진분홍색의 조그만 월계화 봉오리가 피어나 옅은 살구색이 되고, 시간이 지나면서 꽃은 다시 분홍색으로 진해진다. '무타빌리스'엔 지지대가 되어줄 것이 필요하다. 버지니아가 몬트부레치아라는 이름으로 알았던, 오래된 품종의 주황색 크로코스미아 그리고 원추리는 생기 있게 쭉쭉 뻗은 잎사귀가 멋지다. 특히 크로코스미아는 가을에 여무는 씨앗머리 때문에 키울 가치가 있다.

1) 월계화 '무타빌리스' 2) 여뀌 '파이어테일' 3) 크로코스미아 '루시퍼'와 버지니아냉초 '패시네이션'. 뒤쪽에 보라색 캄파눌라 락티플로라 '프리처즈 버라이어티'가 보인다. 4) 원추리. 뒤쪽에 네페타 라케모사 '워커즈 로우'가 보인다.

나는 덤불을 커다랗게 여럿 만들기보다는 레너드가 즐겨 했던 이런저런 색을 섞어보고자 했다. 그래서 우리는 여러 덤불 사이에 버들마편초를 줄지어 심거나, 멕시코해바라기처럼 높이 자라는 여러해살이식물들과 버들마편초를 섞어 심었다. 여름에 나는 여러해살이식물이 없는 공간을 화단마다 마련해두었고, 거기엔 봄에 피는 구근식물을 파란색과 하얀색의 풀모나리아 또는 바이올렛이나 해바라기 사이에 심었다. 봄철 구근식물이 시들고 나면 온실에서 재배한 멕시코해바라기, 백일홍, 니겔라 같은 한해살이식물을 심었다.

1. 원추리
2. 에우포르비아 그리피티 '파이어글로우'
3. 제라늄 '앤 포커드'
4. 네페타 라케모사 '워커즈 로우'
5. 백일홍
6. 알케밀라 몰리스
7. 니겔라
8. 캄파눌라 락티플로라 '프리처즈 버라이어티'
9. 월계화 '무타빌리스'
10. 크로코스미아 '루시퍼'
11. 버들마편초
12. 흰에키나시아
13. 아코니툼 '스파크스 버라이어티'
14. 버지니아냉초 '핑크 글로우'
15. 부들레야 다비디 '블랙 나이트'
16. 멕시코해바라기
17. 버지니아냉초 '패시네이션'
18. 배나무
19. 여뀌 '파이어테일'

"우리 정원은 여러 색으로 날염한 완벽한
직물 같다. 아스터, 진보라색 아스터,
백일홍, 뱀무, 한련화 등등. 눈부신
이 꽃들은 모두 꽃이라면 응당 그래야
하듯, 색지에서 오려낸 것처럼 빳빳하고
꼿꼿하게 서 있다." 버지니아 울프

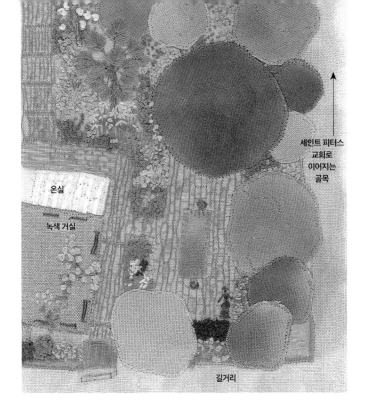

온실

녹색 거실

세인트 피터스 교회로 이어지는 골목

길거리

이탈리아 정원

1919년 몽크스 하우스의 부동산 양도증서에는 부지 남서쪽 구석에 자리한 작고 길쭉한 땅이 포함되어 있지 않았다. 출입문으로 들어와서 바로 오른쪽에 있는 이 땅은 예전엔 세인트 피터스 교회로 이어지는 좁은 골목과 맞닿아 있었다. 그보다 더 전에는 몽크스 하우스에 붙어 있는 자그마한 목사관이 있다가 1856년에 헐렸다. 교회로 이어지는 골목과 맞닿은 경계의 앞부분 70미터 정도가 돌담이 아니라 널빤지 울타리로 돼 있는 건 그런 이유 때문이다. 널빤지 울타리를 지나면 돌담이 나오고, 돌담은 교회 묘지 대문까지 이어진다. 1920년에 레너드는 이 작은 땅을 사서 뒤뜰 잔디 정원과 연결하여 정원 땅을 4분의 3에이커(약 3,000평방미터)에서 1350년의 땅 넓이였던 1에이커(약 4,000평방미터)로 만든다. 1350년의 목사관에는 "라드멜드의 교구 주임 목사가 영구히 지낼 수 있는 가옥과 대지 및 1에이커의 땅"[1]이 딸려 있었다.

(오른쪽) 출입문 옆 계단에서 바라본 이탈리아 정원.
1856년까지는 이 구역에 작은 목사관이 있었다.

(위) 바컴 마을의 잡화점에서 구한 여자 양치기 상. 조각상의 없어진 손과 팔은 얇은 종이에 가지런히 싸여 서랍에 들어 있다.

(옆 페이지) 몇 년에 걸쳐 우리는 단지에 여러 식물을 심어보고는 무스카리 아르메니아쿰 '발레리 피니스'에 정착했다. 그 회청색 꽃은 다른 품종의 더 밝은 푸른색 꽃에 비해 미묘한 아름다움이 있다. 어느 해엔가 자그마한 여러해살이 제라늄이 단지 하나에 피어났는데 꽤 잘 어울렸다. 나는 제라늄을 갈라서 그 사이에 무스카리를 키웠다. 무스카리는 잎 부분이 너저분해 보여서 그걸 감출 수 있도록 다른 식물 사이에서 자라게 하는 게 좋기 때문이다. 그 제라늄은 아마 '베번즈 버라이어티' 품종인 것 같다. '베번즈 버라이어티'는 7월 즈음이면 한창때가 지나는데, 그러면 우리는 제라늄 '릴리언 파팅어'로 단지 안 화초를 전부 교체한다. '릴리언 파팅어'에는 흰색의 섬세한 꽃이 달리며, 잎에선 사과 향이 난다. 우리는 무스카리와 여러해살이 제라늄을 원예도구창고 옆 자갈 위에 두었다가 가을에 다시 단지에 심었다.

(아래) 몽크스 하우스의 옛날 사진들에 이 화분이 등장하는데, 거기엔 수국이 담겨 있다. 우리는 제2차 세계대전 후에 처음 들어온 수국 '아예샤'를 심었다.

"우리는 연못을 하나 더 만들었는데, 처음엔 한쪽이 높고 다른 쪽이 낮아서 물이 비스듬히 찼어요. 이제 내가 어디에서 이탈리아산 화분과 조각상을 살 수 있는지 알려주실래요? 정원 가꾸기에 나 나름대로 기여하려고요." 버지니아 울프

1933년 5월에 새 차[2]를 구입한 울프 부부는 프랑스에서 토스카나까지 자동차 여행을 떠난다. 이 이탈리아 여행은 두 사람 모두에게 깊은 인상을 남겼고, 버지니아의 편지들은 그가 토스카나에 매혹됐음을 보여준다. "이탈리아는 믿을 수 없을 정도로 아름다워요. 나무엔 온통 꽃이고 새들도 전부 노래해요."[3] 9월에 버지니아는 일기에 적는다. "L이 사람을 불러 새로 연못을 만들고, 옛 연못을 다시 파고 있다. 앞뜰도 포장(鋪裝)할 것이다.《플러시》 덕에 이렇게 낭비를 할 수 있었다고, 나는 흐뭇해하며 생각한다."[4] 몇 주 후엔 이렇게 쓴다. "L의 새 연못과 뜰이 거의 완성됐다. 놀라울 정도로 멋진 것 같다."[5] 같은 달 말, 비타에게 보낸 편지엔 이렇게 썼다. "우리는 연못을 하나 더 만들었는데, 처음엔 한쪽이 높고 다른 쪽이 낮아서 물이 비스듬히 찼어요. 이제 내가 어디에서 이탈리아산 화분과 조각상을 살 수 있는지 알려주실래요? 정원 가꾸기에 나 나름대로 기여하려고요."[6] 비타에게 어떤 답변이 왔는지 남은 기록은 없으며, 최종적으로 선택된 화분과 조각상들이 온 곳은 슬프게도 이탈리아가 아니라 바컴 마을의 잡화점이었다. 레너드의 예산이 그리 빠듯하지 않았다는 사실을 생각해볼 때, 요크 스톤[요크셔산 사암]을 쓰자는 제안을 거절하고 겨우 몇 파운드 더 저렴한 콘크리트 포장 평판을 쓴 건 용서가 안 되는 일이다. 정원 일에 버지니아가

의견을 구했을 때 비타의 다음과 같은 답변은 이탈리아 정원을 염두에 두고
한 말이었을까? "서식스에 있는 4분의 1 에이커짜리 땅 위에 베르사유 궁전
정원을 만들 순 없지요. 그냥 그렇게는 안 돼요."[7] 9월에 퀜틴 벨에게 보낸
편지에서 버지니아는 주목을 사러 나갔던 일을 언급한다. 어쩌면 그때 구입한
나무들이 지금 이탈리아 정원 서쪽, 두 개의 여자 양치기 조각상 뒤편에 줄지어
있는 주목인지도 모른다. 울프 부부가 토스카나에서 천으로 장식된 레몬나무
화분과 조각상으로 가득한 정원을 방문하고 올리브 과수원을 둘러보기도
하면서 몽크스 하우스에 이탈리아식 정원을 만들 계획을 짰을지도 모른다는
생각은 지나친 공상일까? 아니면 가싱턴 정원의 네모난 연못 주위에 있던
이탈리아 조각상들을 레너드가 떠올리고 있었는지도 모른다.

출입문 옆에는 1919년 이전에 심어진 커다란 피나무가 있다. 나는 폭풍이 치면
이 나무가 흔들리다가 집 위로 쓰러질까봐 걱정했는데, 버지니아도 같은 걱정을
했다는 사실을 발견하곤 재밌었다. 레너드의 반려동물인 마모셋원숭이
밋지는 언젠가 이 나무 위로 도망쳐서는 내려오지 않으려 한 적이 있다. 가장
좋아하는 간식인 꿀로 꾀어도 아랑곳하지 않았다. 원래 밋지는 몸이 나을
때까지만 레너드가 잠시 돌봐주려고 데려왔는데, 레너드와 서로 좋아하게
되면서 함께 살았다. 밋지는 레너드에게서 떨어지려고 하지 않았고 질투심이
대단했다. 밋지의 성격을 너무도 잘 알았던 레너드는 버지니아를 나무 아래로
불러서 키스했고, 원숭이는 질투심에 화를 내며 바로 뛰어내려왔다. 이 피나무
아래에서 잡초를 뽑거나 흰색 수선화와 히아신스를 심을 때마다 나는 그들이
나무 아래 서서 키스하는 모습을, 그리고 마모셋원숭이 한 마리가 나뭇가지
사이로 날뛰며 경쟁자를 몰아내려고 하는 모습을 떠올린다.

1933년 9월에 버지니아는 이렇게 적을 수 있었다. "일기에 쓸, 대단히 심오한
관심사가 너무도 많다. 영혼과 영혼 사이의 대화라든지 말이다. 그리고 나는
그걸 그냥 흘려보낸다. 왜? 금붕어에게 먹이를 주고, 새 연못을 바라보고,
잔디볼링을 하느라. (…) 행복."[8]

(위) 겨울의 이탈리아 정원.

(아래) 189쪽에 있는 짐 바살러뮤의 1932년 정원 평면도는 이 커다란 주목이 한때 레너드의 토피어리
작품이었다는 사실을 보여준다. "우리가 조금씩 나무를 깎아내서 날개를 늘어뜨린 모습의 공작새를
만들고 있다는 얘기를 했던가요? 매년 조금씩이요. 공작새 꼬리를 만들었고, 다음엔 목을 만들까봐요."[9]
오래전 주목 자리에 있던 목사관은 1856년에 헐렸으므로, 이 주목은 1919년 전에 이미 그 자리에
있었고 레너드가 모양만 다듬은 것일 수 있다.

(옆 페이지) 남향이지만 그늘지는 벽을 타고 자란 장미 '펠리시테 페르페튀'.

응달지고 마른 땅에 만든 좁은 화단

응달지고 마른 땅. 겁나는 단어다. 몽크스 하우스의
석회질 흙, 돌담, 무수히 많은 나무 덕에 수년 동안
우리는 그런 땅에 적합한 여러 식재를 시험해봤다.
여기 이 식재도는 출입문에서 이어지는 길옆의
길고 좁은 화단을 위해 짜본 것으로, 위쪽 나무를
뚫고 빛이 약간 들긴 하지만 그래도 땅은 그늘지고
바싹 말랐다. 몇 년에 걸쳐 우리가 심곤 했던
식물은 아래와 같다. 이 화단 맞은편은 남쪽을
향해 있음에도 정말 그늘진 벽이 있다. 벽 아래에
식물이 자랄 수 있는 아주 조그만 자리에는
내가 제일 좋아하는 장미이며 줄기차게 자라
오르는 '펠리시테 페르페튀'를 뒀다. 출입문 옆
느릅나무 아래에는 삼지구엽초, 수선화 '탈리아',
아네모네 네모로사, 작은 산딸기나무를 심었다.
빈 곳을 채우며 땅에 깔리는 선갈퀴도 이 화단에
잘 어울린다. 봄철을 위해서는 하얀 수선화와
히아신스 '리노성스'를 화단 여기저기에 심고,
여름의 빈 공간을 채우기 위해 흰색 코스모스
'소나타'를 준비해둔다.

1. 대상화 '오노린 조베르'
2. 맥문동은 자리 잡는 데 시간이 걸리지만 몹시 그늘진 장소에서도
   무성하게 자라서 아주 유용하다.
3. 월계분꽃나무 '이브 프라이스'는 동그랗게 다듬었다.
4. 코스모스 '소나타'. 우리는 수선화 '탈리아'가 피고 난 자리에
   이 코스모스를 심고, 개암나무 잔가지를 지지대 삼아
   그 사이로 자라게 했다.
5. 자반풀은 흰색 물망초와 비슷하게 생겼는데,
   꽃이 더 섬세하며 잎이 더 크고 둥글다.
6. 길레니아 트리폴리아타
7. 에우포르비아 히페리키폴리아 '다이아몬드 프로스트'는
   여름에 자반풀을 대신한다. 추위에 약해서 겨울 동안에는
   온실로 옮겨두어야 한다.
8. 제라늄 마크로리줌 '알붐'. 응달지고 마른 땅에서 잘 자라는
   또 다른 제라늄으로는 제라늄 패움 '모닝 위도우'가 있다.
   이 제라늄은 '알붐'보다 더 높이, 조금 더 마구잡이로 자란다.

(옆 페이지 위 왼쪽부터 시계 방향으로)
1) 길레니아 트리폴리아타의 별 모양 흰 꽃.
내가 가장 좋아하는 여러해살이식물 중 하나다.
2) 대상화 '오노린 조베르'.
3) 눈길을 끄는 맥문동. 응달지고 마른 땅에서도
잘 자란다.

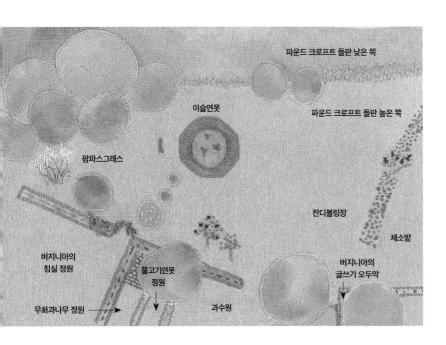

파운드 크로프트 들판 낮은 쪽

이슬연못

파운드 크로프트 들판 높은 쪽

팜파스그래스

잔디볼링장

채소밭

버지니아의
침실 정원

물고기연못
정원

버지니아의
글쓰기 오두막

무화과나무 정원

과수원

테라스

몽크스 하우스로 막 이사한 울프 부부는 파운드 크로프트 들판의
높은 쪽 땅을 구입해야 정원을 넓힐 수 있을 뿐 아니라 경관도
확보하고 사생활도 보호할 수 있다는 사실을 깨닫는다. 하지만
버지니아는 1926년 9월 일기에서 정원에 너무 많은 돈을 들이는
일로 레너드와 싸웠다고 밝힌다. "레너드는 우리가 상근 정원사를
둘 수 있다고 생각한다. 정원사가 지낼 집을 짓거나 구입하고,
테라스 땅을 우리 정원으로 합칠 여유가 있다고 말이다. 그래서
나는 그렇게 되면 우리가 여기 오는 일에 묶일 것이며 앞으로
여행도 못 갈 것이라고 말했다. 또 몽크스 하우스를 세상의
중심으로 여기게 될 거라는 말도 했다. 나에겐 분명 그렇지 않으며,
우리가 양탄자나 침대, 좋은 안락의자를 사지 못하는 지금 그렇게
큰돈을 정원에 쓰고 싶지 않다고 말했다."[1]

(오른쪽) 1936년 비타는 울프 부부에게 양버들 세 그루를 주었는데, 이 나무들은 테라스를
가로질러 한 줄로 나란히 심긴다. 그로부터 오랜 시간이 지난 후 스펜더 부인이 내셔널
트러스트와 함께 몽크스 하우스 정원을 방문했을 때 회고한 사실이다.
금사슬나무가 죽고 난 후에 세 번째 양버들을 다시 심으면 좋을 것이다.

(위) 핑커와 함께 있는 레너드와 버지니아.

(아래) 돌담은 테라스를 정원 나머지 부분과 분리했고, 이 돌담을 따라 길게 화단이 있었다. 1931년 버지니아는 증축한 2층 방에서 쓴다. "떠나기 전날인 이 저녁에 종이를 치우러 2층에 올라왔다. 모든 것이 부드러운 회색이다. L의 노란색 다알리아가 테라스 가장자리에서 타오르고 있다."7 이 일기에서 버지니아가 보고 있는 꽃밭이 바로 테라스 돌담 아래 화단이다. 울프 부부는 돌담과 화단이 있는 테라스의 이 같은 경관을 너무도 좋아한 나머지 엽서로 만들어 인쇄하고, 1940년에는 그런 엽서를 조지 버나드 쇼에게 보내기도 한다. 엽서에 실린 사진에 커다란 나무 출입문이 보인다. 돌담의 다른 부분보다 더 낮은 돌담은 그 뒤로 첫 번째 글쓰기 오두막이 있던 자리다.

레너드에게는 몽크스 하우스가 정말로 세상의 중심이 된 듯도 했다. 버지니아는 레너드가 정원과 사랑에 빠질 것임을 알고 있었지만 정원에 "너무도 큰 이끌림"2을 느낀다는 점이 싫기도 했다. 그렇지만 전반적으로 버지니아는 레너드가 가꿔가는 정원의 모습을 한껏 즐겼고 그가 정원에서 얻는 기쁨에 함께 즐거워했다. 한편으론 레너드를 정원에 빼앗긴다고 느끼기도 했지만 말이다. 몽크스 하우스로 오고 나서 처음 몇 년 동안 버지니아는 레너드에게 같이 산책할 시간을 정해야 한다고 고집했다. 레너드에게 화가 났을 때 버지니아는 "돈을 땅에 물처럼 뿌리고 있다"3고 투덜대곤 했고, 그에게 애정을 느낄 땐 물고기를 담아둘 수반(水盤)이나 조각상을 사주곤 했다. 파운드 크로프트 들판을 사는 일로 언쟁을 벌이긴 했지만 바로 얼마 전 일기에는 이렇게 썼다. "테라스 땅을 사서 오두막 주변 전체가 정원으로 둘러싸이길 내가 얼마나 바라는지 신은 아실 거다."4 정원에 돈을 들이는 일로 언쟁한 때는 1926년이었다. 1928년 즈음엔 정원 땅도 넓히고 좋은 의자도 사기에 충분한 돈이 있었으며, 파운드 크로프트 들판을 정원으로 합치고 나서 울프 부부는 대단히 기뻐했다.

'상근 정원사'는 퍼시 바살러뮤가 됐다. 제1차 세계대전 후 아내 리디아와 함께 로드멜로 이사 온 바살러뮤는 1926년 이후 레너드를 도와 비상근 정원사로 일했으며, 들판을 구입한 후 상근 정원사가 필요해진 레너드는 1928년 11월에 퍼시를 고용한다. 일주일에 2파운드의 급여와 [울프 부부가 소유한 농가인] 파크 코티지 1호에서 집세 없이 지낼 수 있는 조건이었다. 퍼시와 레너드는 거의 20년 동안 빈번히 언쟁을 벌이면서 정원에서 함께 일했다. 최소 한 번 이상 한쪽은 일을 그만두겠다고 하고 다른 쪽은 그럼 그만두라고 한 적도 있지만, 말에 그쳤을 뿐이다. "어제 퍼시가 사직하겠다고 했다. 헛간에 백합을 두는 일 때문이다. 제가 하는 일이 맘에 안 드시지요 등등……. 정말로 최종 통보인지는 아무도 모른다. (…) 한 해 걸러 한 번꼴로 이런 일이 터진다."5 정원은 언쟁의 원인을 제공하기도 했지만, 분명 레너드와 퍼시의 유대감이 자라난 곳이기도 하다. 둘은 정원 일을 하며 잡담을 나눴다. "그 두 사람은 계속 떠들어대요. 각반[발목에서 무릎까지 감싸는 보호 장구]을 차고 일하는 나이 든 공사장 십장들처럼요."6 1938년 9월 히틀러가 영국 총리를 뮌헨으로 초대했다는 소식이 BBC에서 나왔을 때 레너드는 곧장 정원으로 뛰쳐나가 퍼시에게 전했다.

들판을 구입하고 나서 바로 퍼시와 레너드는 텃밭을 테라스 북동쪽 구석으로 옮기기 시작한다. 1932년 퍼시의 큰아들 짐이 그린 정원 평면도(189쪽)에서 볼 수 있듯 주목 다섯 그루를 테라스 가장자리에 나란히 심었고, 채소 화단과 과수 보호망 주변에는 산사나무 산울타리를 조성했다. 그해 8월 레너드는 컵받침 접시 모양의 커다란 연못을 만들 자리로 테라스 맨 위쪽을 정해둔다. 서식스 다운스에서 볼 수 있는 얕은 이슬연못에서 아이디어를 얻은 연못이었다.

(위) 이 팜파스그래스는 레너드가 심은 것이다. 버지니아의 어린 시절에 가족 별장이었던 콘월의 탤런드 하우스에도 팜파스그래스가 있었다.

레너드는 '레너드'와 '버지니아'로 이름 붙인 두 그루의 느릅나무 가지들이 연못에 비치도록 연못 자리를 골랐다.

1932년은 울프 부부에겐 슬픈 사건과 함께 시작된 해였다. 1월엔 리턴 스트레이치가 암으로 세상을 떴고, 두 달 후엔 도라 캐링턴이 목숨을 끊어 리턴의 뒤를 따랐다. 리턴의 죽음은 울프 부부에게 큰 충격이었다. 캐링턴에게 보낸 버지니아의 편지들은 버지니아가 몹시도 다정하고 도움이 되는 친구였음을 보여준다. 캐링턴이 총으로 자살하기 전날, 울프 부부는 그가 사는 햄 스프레이를 방문하기도 했다. 오래전 리턴은 버지니아에게 청혼한 적이 있다. 그는 청혼의 말을 자기 입에 올린 순간 만일 버지니아가 이를 수락한다면 "죽음이나 마찬가지일 것"[8]이라는 사실을 깨달았다. 버지니아는 청혼을 받아들이지 않았고, 리턴은 레너드에게 실론에서 돌아와 버지니아에게 구혼하라고 부추긴다. "버지니아는 이 세상에서 뇌가 충분히 존재하는 유일한 여자야. 존재한다는 게 기적이야."[9] 훗날 버지니아는 이를 회상하며 말한다.

(왼쪽) 이 다윗과 골리앗
상은 조각가 노먼 모먼스의
작품이다. 그는 도예가인 아내
어설라와 함께 1950년대에
사우스하이턴에 살았다.
어설라가 만든 물병 세 개가 현재
몽크스 하우스에 있는데, 차를
함께하기 위해 어느 오후 이곳에
들렀던 아흔 살이 넘은 어설라는
자기 작품들을 보고 기뻐했다.
그날 어설라는 선명한 붉은색의
립스틱을 바르고 있었고, 그
얼마 전 운전면허증을 반납해야
했다면서 속상해하며 불평했다.

(옆 페이지) 금사슬나무가 있는
이 경관은 몽크스 하우스에 사는
이들만 즐길 수 있는 것이다.
폐관 시간 후에야 햇빛이
금사슬나무를 통과하면서
이렇게 마법 같은 장면을
만들기 때문이다.

"리턴과 결혼했더라면 아무것도 쓰지 못했을 것이다. (…) 레너드는 엄격하지만 자극을 주는 사람이다. 그와 함께라면 무엇이든 가능하다."[10] 버지니아는 죽을 때까지 리턴의 죽음에 마음 아파했다. 지내기에 편한 곳이 아니라고 친구들에게 한탄하긴 했지만 리턴은 1920년대에 몽크스 하우스를 자주 방문한 이들 중 한 명이다. 버지니아의 앨범엔 정원에서 편안한 등의자에 앉아 우아하게 다리를 꼬고 있는 리턴의 사진이 여러 장 있다.

채소밭과 이슬연못 사이에 넓게 펼쳐진 잔디밭에서 버지니아와 레너드는 볼링을 쳤다. 친구들과 함께할 때도 많았다. 레너드는 스포츠를 대단히 즐겼다.

(위 왼쪽) 버네사 벨이 그린 테라스에서 바라본 경관. 강가 목초지부터 캐번 산에 이르는 경치가 보이며, "비탈에서 붉게 타오르는 우리의 니포피아"[13]도 보인다. 책을 쓰기 위해 조사하던 중 나는 이 그림이 판매를 위해 나와 있다는 사실을 알게 되었고, 내셔널트러스트는 몽크스 하우스를 위해 이 그림을 구입한다.

(위 오른쪽) 이슬연못에서 물고기 밥을 주는 레너드.

(옆 페이지) 테라스에서 집 쪽을 향했을 때의 풍경. 조지 버나드 쇼에게 보낸 엽서(110쪽)에 있는 경치와 비교해보라. 목련이 자라서 돌담의 더 낮은 부분을 가렸고, 담을 따라 심어져 있던 꽃 대신 1980년에 잔디가 깔렸다. 현재 몽크스 하우스엔 세입자가 아닌 내셔널 트러스트가 상주하고 있기에, 테라스 가장자리에 긴 화단을 다시 조성하는 일을 고려해볼 수도 있겠다.

그는 교구 목사의 딸과 테니스를 치기도 하고, 크리켓 시합도 벌였으며(나중에 자서전에서 그는 "필드 끝에 서 있는 수비수 머리 위로 식스[야구의 홈런에 해당]를 쳤을 때의 만족감"[11]을 회고한다), 볼링 시합에도 대단한 경쟁심을 내보였다. 레너드는 버지니아라는 호적수를 만났고, 여름이면 두 사람은 거의 매일 저녁마다 시합을 벌였다. "오늘 볼링 시합에서 L을 이길 거야. 들판에선 아이들이 인형놀이를 하고, 모든 나무에 꽃이 만발하고, 태양의 열기가 의외로 약간 남은 이 바람 부는 맑은 날 저녁에 말이지."[12]

레너드는 테라스 가장자리에 위풍당당한 주목 다섯 그루 외에는 아무것도 심지 않았다. 그 방향으로의 경관은 버지니아에게 소중했기 때문이다. 헛간과 농장 건물들이 들어서면서 경관을 망치면 버지니아는 격분하곤 했다. 나는 현재 루이스카운티홀의 모습을 버지니아가 볼 수 없다는 걸 다행으로 여긴다. 내셔널트러스트가 몽크스 하우스를 구입했을 때 트러스트 사람들은 그쪽 방향으로 보이는 경관의 중요성을 인식했지만, 집 경계 너머에서 일어나는 눈에 거슬리는 변화에도 신경 쓰지 않을 수 없었고, 그리하여 피나무 두 그루와 그보다 키가 작은 여러 종류의 관목과 나무를 심는다. 우리가 몽크스 하우스를 떠나기 1년 전, 테라스 북쪽 경관이 점점 가려지고 있다고 버지니아울프학회 사람들이 내셔널트러스트에 지적한다. 서신이 오갔지만 아무 결정도 이루어지지 않았다. 우리가 몽크스 하우스에서 지낸 마지막 가을의 어느 일요일, 사우스다운스자원봉사단이 이 문제를 해결해보고자 열의에 차서 도착했다. 우리는 '공격'해달라고 부탁했고 봉사단은 수목을 상당히 많이 쳐냈다. 내셔널트러스트가 이 작업을 이어받아 계속해준 덕분에 캐번산 쪽으로의 전망은 다시 훤해졌다. 예전의 주목 다섯 그루 중 두 그루가 남아 있는데, 나머지 세 그루를 다시 심는다면 좋을 것이다.

글쓰기 오두막

예전 공구창고를 작업실로 바꾸기 위해 돈을 좀 쓰긴 했지만,
테라스 땅 구입 후 버지니아는 강가 목초지의 풍경이 내다보이는
과수원 모퉁이의 현재 위치로 글쓰기 오두막을 옮기기로 결심한다.
"우리는 오두막을 교회 묘지 담 옆에 있는 나무 아래로 옮기려 논의
중이다. [로드멜 마을 건축업자] 윅스 씨의 견적으론 157파운드가
나왔는데, 이 계획이 그냥 변덕에서 나왔다는 점을 생각해보면
과도하게 느껴진다. 오두막의 전망은 더 좋아지겠지만,
그 경치 값이 157파운드일지도 모른다."[1]

(위 그리고 오른쪽) 글쓰기 오두막. 버지니아 생전에는 현재 크기의 반절이었다.
그의 사후 나무 오른쪽 부분의 오두막이 덧붙여졌으며, 현재 그 확장된 구역에서는
몽크스 하우스에 관한 상설 전시가 열린다.

"이건 그냥 평범한 책상이 아니랍니다. 런던이나 에든버러에서 구할 수 있는
그런 책상, 오찬을 위해 사람들 집에 방문했을 때 볼 수 있는 그런 책상이 아니에요.
뭔가 마음이 통하는 것 같은 책상, 개성이 넘치고 믿음직하고 묵직하고
대단히 듬직한 책상이에요." 버지니아 울프

"나의 오두막을 허물었다. 과수원에 새 오두막을 짓고 있다. 앞쪽에 문을 달아 열린 문으로 캐번산까지의 경관이 바로 보이게 만들 것이다. 여름밤엔 거기서 잘 수도 있겠다."[2] 12월경에 사과 저장소가 위층에 딸린 새 오두막이 완성된다. 1935년에는 11파운드를 들여 벽돌을 깐 작은 테라스를 오두막에 덧붙인다. 이 테라스는 친구들이 접의자에 앉아 담소하며 차를 마시고 볼링 게임을 구경하는 사랑받는 장소가 된다. 예전에 버지니아와 신에 관해 길게 논쟁할 뻔한 나이 든 여인을 구해준 건 마침 버지니아에게 배달된 물건이었는데, 이 물건은 바로 대형 상자에 든 "거대한 집필용 책상"이었다. 버지니아가 6파운드 10실링을 주고 구입한 것이다. "이건 그냥 평범한 책상이 아니랍니다. 런던이나 에든버러에서 구할 수 있는 그런 책상, 오찬을 위해 사람들 집에 방문했을 때 볼 수 있는 그런 책상이 아니에요. 뭔가 마음이 통하는 것 같은 책상, 개성이 넘치고 믿음직하고 묵직하고 대단히 듬직한 책상이에요."[3]

버지니아가 글쓰기 오두막을 사용하지 않을 때 오두막은 오히려 더 깨끗했다. 레너드는 버지니아를 이렇게 묘사했다. "정리를 안 하고 사는 사람 (…) 버지니아의 방은 정리가 안 된 걸 넘어 몹시 지저분하기까지 했다."[4] 버지니아는 낮은 안락의자에 앉아 손으로 소설 초고를 썼으며, 오후에 책상에 앉아 손으로 쓴 원고를 타자기로 쳤다. 원고 수정본을 쓸 때는 언제나 타자기를 사용했다. 또 버지니아는 목욕을 하면서도, 아니면 오후에 나가는 긴 산책 중에도 원고를 고쳤다.

레너드의 말에 따르면 건강이 괜찮을 때 버지니아는 대단히 엄격하게, 시간에 맞춰 작업했다. "주식 중개인만큼이나 규칙적으로"[5] 버지니아는 매일 아침 정원을 가로질러 글쓰기 오두막으로 향했다. 버지니아는 좀 더 시적으로 표현한다. "[내일은] 붉은 장미의 향기를 맡을 거예요. 잔디밭을 부드럽게 가로질러 가서는(저는 마치 머리 위에 계란이 든 바구니를 올려놓은 듯 걷는답니다)

(위) 버지니아의 책상. 서류철에 버지니아가 적은 라벨이 붙어 있다. 서류철은 버지니아의 소설 작업을 위한 것이었다.

(오른쪽 위) 글쓰기 오두막 바깥에 벽돌을 깔아 만든 테라스. 왼쪽에서 오른쪽으로, 안젤리카 벨, 버네사 벨, 클라이브 벨, 버지니아 울프, 메이너드 케인스와 그의 아내 리디아 로포코바(다리만 보인다).

(위) 동틀 녘의 정원. 정원 경관이 감각에 미치는 영향을 버지니아는 다음과 같이 표현한 적이 있다. "벌들의 윙윙거림, 낮은 노랫소리, 향기, 이 모두가 몸 안의 얇은 막 같은 것을 관능적으로 내리누르는 듯했다. 그 막을 찢지는 않으면서, 한 사람을 감싸고 웅웅댄다. 나는 기쁨으로 완전히 황홀해져서 멈춰 섰다. 향기를 맡았다. 보았다. 하지만 나는 이런 황홀 역시 표현할 수가 없다."[12]

(옆 페이지) 담이 있는 정원에 핀 코스모스 '퓨리티'. 매년 씨를 뿌려 재배했다.

담배에 불을 붙이고 집필대를 무릎 위에 놓는 거죠. 그러고는 잠수부처럼 어제 쓴 마지막 문장을 향해 아주 조심스럽게 내려갈 거예요."[6]

1936년에 버지니아는 줄곧 아팠다. 《세월》 작업 때문에 받은 스트레스가 너무도 심해서 "교정쇄를 찬장 안에 쑤셔 넣어"[7]두고는 몽크스 하우스에서 거의 석 달을 지냈다. "마음을 아주 편안하게 해주는 평화롭고 호젓한 생활. 오전 시간 거의 내내 일해. 레너드도 그렇고. 그런 다음에 우리는 산책하고 볼링을 하고 저녁 준비를 해."[8] 버지니아는 레너드가 "언제나 정원으로 사라져버려요"[9]라고 불평했지만, 정원은 위안과 기쁨을 줬다. 버지니아는 햇볕 아래 누워 사과와 니포피아를 바라보고, 저녁식사에 곁들일 라즈베리나 딸기를 따고, 구스베리 병조림과 잼을 만들었다. "정원이 아름다워요. 저녁이 되면 레너드의 꽃들이 문득 환하게 빛나요."[10] 찬장 안에 처박혀 있을 때든 아닐 때든 《세월》은 발효되고 있었다. 이 소설은 다른 어떤 작품보다도 버지니아를 괴롭혔다. "다시는 이렇게 긴 책을 쓰지 않을 거예요."[11] 그는 편지에 쓴다.

버지니아와 레너드는 엄청나게 열심히 일하는 사람들이었고, 비슷한 노동 윤리를 지녔으며, 각자의 삶에서 일이 중요하다는 점을, 그리고 일할 수 있는 자신만의 공간을 가져야 한다는 사실을 서로 이해하고 존중했다. 1920년대 초반부터 두 사람은 런던 문학계의 중심에 있었다. 소규모이지만 성공적인 출판사를 운영했고, 신문과 문학잡지에 기사와 평론을 실었다. 두 사람은 강연을 하고 모임에 나갔다. 버지니아는 BBC 라디오 시리즈에 참여했다. 런던에서 지낼

때 두 사람만 식사하는 일은 드물었으며, 자주 이런저런
행사에 참석하고 오페라나 발레를 보러 극장에 갔다. 두
사람은 여행했고, 호가스 출판사 책들도 '여행시켰다(책
홍보 및 판매 여행을 돌려서 표현한 것이다)'. 버지니아가 《세월》
작업을 하는 동안 《3기니》에 쓸 아이디어가 익어갔으며,
로저 프라이의 전기를 쓰기 위해 읽어야 할 문서도
쌓여갔다. 두 사람은 편지를 쓰고 일기를 썼으며, 레너드는
자신이 심은 씨앗부터 두 사람이 축음기로 들은 음악에
이르기까지 모든 것에 대해 세세한 기록을 남겼다. 둘 모두
정치적으로 활발하게 활동했다. 레너드는 오랫동안 노동당
집행위원회의 간사로 일했고, 버지니아는 여성주의와
반파시즘 정치에 관여했다. 둘의 바쁜 일과와 계급을
고려해볼 때 그들은 집안일에 최소한의 도움만 받았다.
1937년 3월 15일 《세월》이 출간된다. 버지니아는 어떤
반응이 나올지 두려워했다. "나는 두들겨 맞을 거고,
비웃음당할 거고, 멸시당할 거다."[13] 그러나 《세월》은 다른
어떤 작품보다 더 많이 팔렸고, 비평도 대부분 좋았다.
1937년 4월의 일기는 훨씬 더 강인해진 모습을 보여준다.

(위) 니들포인트 자수로 만든 의자 커버. 일부는 버지니아가 작업했다.

(오른쪽) 레너드의 책상 위 압지대는 그가 다양한 일에 관심이 있었으며
여러 가지 활동을 했다는 사실을 보여준다.

"로드멜에서 좋은 주말을 보내고 돌아오다 – 침묵,
책 속으로 깊고 안전하게 가라앉기, 그러곤 밖에서 산사나무가
흔들리는 소리, 마치 파도가 부서지는 것 같은 소리를 들으면서
맑고 투명한 낮잠, 정원의 모든 초록 터널과 둔덕들. 깨어나니
덥고 고요한 낮. 보이는 사람도 없고, 방해가 되는 것도 없다.
우리만의 장소. 천천히 가는 시간."[14] 버지니아 울프

우울했던 1936년의 여름을 돌아보며 버지니아는 자신이 이제 "깊고
푸른 조용한 장소 (…) 안전한"[15] 곳에 있다고 느낀다. 1937년 초반의 몇
개월 동안 버지니아는 《3기니》 작업을 하느라 바빴고, 레너드의 건강
문제(당뇨병이 의심됐다)와 호가스 출판사 매니저의 죽음으로 신경 쓸
일이 많았다. 무엇보다 스페인 내전에 참전하겠다는 조카 줄리언 벨의
결심에 마음이 편치 않았다. 버지니아와 레너드는 1937년 4월 게르니카에
폭격이 있은 후 영국으로 쫓겨나온 4천 명의 바스크 난민 어린이를 돕기
위해 앨버트 홀에서 열린 모금 모임에 참여한다. 1937년 7월, 줄리언이
스페인에서 구급차를 몰던 중 포탄 파편에 다쳐서 사망했다는 소식이
전해진다. 울프 부부는 모든 일을 멈추고 몽크스 하우스에서 10월까지
머물렀다. 버지니아는 거의 매일 버네사에게 가보았으며 틈틈이 글을
썼다. 버지니아 사후 버네사는 비타에게 털어놓는다. "[버지니아는] 삶이
계속되도록 해줬어요. 그래주지 않았다면 내 삶은 멈춰버렸을 거예요."[16]
이 비통한 죽음이 드리운 그늘 아래서 버지니아는 《3기니》를 끝냈다.
가상의 인물인 젊은 변호사의 질문, '전쟁이 일어나지 않게 하려면 우리가
어떻게 해야 할까요?'에 열정적이고 평화주의적인 답을 주는 작품이다.
8월에 버지니아는 버네사에게 쓴다. "전쟁에 관한 글을 쓰는 데 완전히
빠져 있어. (…) 늘 줄리언과 논의해보고 싶던 주제야. 사실 이 글을
줄리언과의 논쟁으로 생각하고 쓰고 있어."[17]
레너드의 건강 문제는 계속됐다. 검사 결과로는 심각한 문제가 없다고
했다. 평생 동안 그를 괴롭힌 손떨림이 악화되자 레너드는 알렉산더
요법을 시작했고 손떨림은 다소 나아진다. 이런 레너드의 증상들은
아마 1936년에 버지니아가 아팠고 뒤이어 줄리언의 죽음이 있었기에,
그리고 전쟁이 불가피하다는 사실을 대부분의 사람들보다 더 잘 알고
있었기에 받은 스트레스 때문이었을 것이다. 후에 레너드는 1939년 전쟁이
발발하기 전 2년 동안 "세계가 야만의 상태로 되돌아가고 있다"는 사실을
"마음 깊숙이 그리고 쓰라리게" 느꼈다고 적는다.[18] 1937년, 이런 일들의
와중에도 레너드는 정원을 돌봤다. 주목을 다듬고 백일홍에 달라붙는
민달팽이를 떼어냈으며 담이 있는 정원을 디자인했다.

(왼쪽) 맷돌 테라스 화단에 매년 씨앗을 뿌려
키우는 스위트피 '쿠파니'(위), 그리고 피어나기
직전인 알리움 '글래디에이터'(아래).

(옆 페이지) "그리고 정원의 모든 초록 터널과
둔덕들."

담이 있는 정원

우리가 '담이 있는 정원'이라고 부르는 정원 중앙부 구역은
울프 부부가 몽크스 하우스를 구입한 이래로 크게 변했다.
이 책을 쓰기 위해 조사를 하면서 그 구역에 어떤 변화가
있었는지 알아가는 일은 대단히 즐거웠다. 매끄럽게 깔린
잔디밭은 1919년에 과수원의 경계가 되는 돌담까지 연장된다.
현재 이탈리아 정원인 땅의 1920년 양도증서를 보면 정원
중앙부에는 부속 시설 세 곳이 있었다. 세탁장, 노천 변소,
곡물창고 건물의 잔해이다. 세탁장은 굴뚝이 달려 있을 정도로
컸는데, 이 굴뚝은 1921년 크리스마스 때 바람에 쓰러진다.
앞에서도 나왔던 노천 변소는 "월계수 사이에 사려 깊게,
그러나 별 효과는 없이 숨겨져"[1] 있었다.

(오른쪽) '레퀴엠', '헤리 훅', '루드비히 헬페르트' 종의 다알리아가
타오르듯 피어났다.

(옆 페이지) 나는 이 구역에 있는 벚나무 두 그루를 없애고 다른 식물을 심고 싶었지만 길이 망가질 우려가 있어서 하지 못했다. 사진 왼편에 보이는 가지가 늘어진 배나무는 원래부터 있던 것인데, 우리가 떠나기 2년 전에 죽어서 사과나무로 교체했다. 늦여름, 담이 있는 정원에는 다채로운 색깔이 층을 이룬다. 그 꼭대기에는 예전 곡물창고 담 위로 피어나는 선명한 주황색의 능소화가 있다.

(위) 여뀌 '파이어테일'과 주황색 크로코스미아가 능소화 아래에서 앞다퉈 자라나고 있다.

1919년 이 구역 "화단에는 양배추가 침범해 있고, 벚나무는 껑충하고 길쭉하게 자라서 화단 밖으로 넘어가 있었다."[2] 134쪽 흑백사진의 가운데에 있는 나무가 이 벚나무다. 1919년 당시 이 구역의 모습이 어땠는지를 생각해보면 레너드의 정원 가꾸는 재능이 상당하다는 사실을 인식하게 된다.

1922년 레너드는 옛 세탁장과 노천 변소를 허물고 그 자리에 벽돌을 깔아 작은 테라스를 만든다. 그전에 담이 있는 정원 자리에는 커다란 화단이 있었고, 외대나 과수 시렁에 기대어 키우는 과일나무와 꽃, 채소가 있었다. 1930년에 레너드는 길을 새로 깔고 맷돌 테라스를 만들었으며, 그 뒤 주목 산울타리 앞에 꽃길을 조성했다. 이후 1937년에 정원 중앙부를 다시 손보기 시작했다.

과일나무들이 자라면서 다운스 쪽으로의 전망을 가렸고 나무 아래 식물에 그늘을 드리웠다. 1937년 8월 말 "레너드의 새로운 돈 낭비인 또 다른 연못 하나와 벽돌을 깐 정원"[3]에 관해 논의하고 계획을 세우기 위해서 건축업자 웍스 씨가 온다. 벽돌을 깔고 커다란 석판을 중간중간 넣어서 만든 테라스 주위에 화단을 조성하고, 오래된 벚나무 두 그루와 다른 과일나무 하나만 남기고 1922년에 심은 작은 과일나무들은 화단에서 제거한다.

원래 계획은 담이 있는 정원 중앙부에 수련 연못을 하나 더 파는 것이었다. 그러나 물고기를 담아둘 수반을 발견하고는 그게 더 맘에 들었는지, 아니면 연못을 만드는 비용 때문이었는지 레너드는 계획을 변경한다. 그는 필콕스 형제 건축에 편지를 쓴다. "제가 구입한 수반 두 개에서 물이 안 새게 보수를 좀 해야겠습니다. (…) 수반을 지면에서 1½피트[약 0.5미터] 되는 위치에 올려놓고 싶고요. 추울 때는 수반에서 물을 뺄 수 있도록 뭔가 할 수 있을까요?"[4]

(위) 알리움 '글래디에이터'

(아래) 봄철의 담이 있는 정원을 보여주는
1930년대의 사진. 도나텔로의 다비드 상을
복제한 조각상이 벚나무 아래에 서 있고,
물고기 수반엔 물이 차 있다.

(옆 페이지) 6월의 담이 있는 정원. 벽을 타고
오른 능소화 잎의 신록이 벽돌길 오른편
라벤더 위로 자란 에우포르비아의 초록빛에
더해지면서 다른 식물들의 더 차분한 색을
돋보이게 한다. 라벤더 '먼스테드' 맞은편에
보라색의 캄파눌라 포스카르스키아나가 담
아랫부분을 감싸고 있다. 뒤편의 돌항아리에
가득 담겨 있는 것은 네페타 '식스 힐즈
자이언트'이다.

수반을 구입한 사람은 버지니아였다. 1937년 9월의 어느 궂은 날, 차를 타고
몽크스 하우스로 내려가던 길에 핸드크로스에 있는 가게에서 자신의 '비축분'의
돈으로 샀다. 10월 22일에 버지니아는 쓴다. "이제 우리는 정원으로 출발합니다.
가는 길에 크롤리에 있는 잡화점에 들르려고요. 레너드가 새로운 수생 정원에
놓을 큐피드 상을 사려고 하거든요. 레너드는 연못에 열정을 품고 있어요.
우리는 거북이 위에 균형을 잡고 서 있는 벌거숭이 큐피드가 가게에 있을 때마다
구입한답니다."[5] 별나게도 거북이를 타고 가는 큐피드를 묘사하는 이런 말은
레너드의 정원을 향한 집착을 놀리는 듯하면서도 그가 하고 싶은 대로 하게
두는 버지니아의 태도를 살짝 보여준다. 실제로 그런 상을 찾았는지는 모르지만,
버지니아는 며칠 후 쓴다. "새로운 정원이 다 됐다. 수반만 두면 된다. 담이 있는
정원에서 보는 다운스 전망이 이제 훤하다."[6]

담이 있는 정원은 남쪽에서 빛을 받지만, 벚나무 두 그루가 있는 탓에 식재는
아마 구근식물과 음지에서 잘 자라는 식물로 한정됐을 것이다. 우리가 있을
때 벚나무가 있는 한쪽 구석에 매년 어디서 온 것인지 알 수 없는 문주란이
고개를 내밀곤 했다. 134쪽에 있는 흑백사진은 분명 여름에 찍었을 것이며(잔디
가장자리의 화단에 백일홍이 있다), 담이 있는 정원 입구의 오른편 화단에 있는
식물은 서양백리향과 고산식물로 보인다. 레너드가 정원 공책에 적어둔 식물
조합이다. 왼쪽 사진은 그 몇 년 후에 찍은 것으로, 레너드가 수선화 등 봄에 피는
구근식물을 벚나무 주위에 풍성하게 심어놓은 모습을 볼 수 있다. 존 레이먼은
레너드와 함께 루이스에서 차를 타고 가다가 어느 골동품 가게 창문으로
도나텔로의 다비드 상을 복제한 테라코타 작품을 봤던 일을 회고한다. 레너드는
그 작품에 사로잡혀서 '흥정도 하지 않고' 구입했다고 한다. 그 다비드 상은
오랫동안 담이 있는 정원 안 벚나무 아래에 서 있었다. 지금 그곳엔 더 이상 나무
그늘이 없다. 벚나무들은 죽은 지 오래다. 다비드 상은 두 조각이 난 채로 보수를
위한 기금이 마련되길 기다리고 있으며, 물고기를 담았던 수반은 비어 있다.
1937년에 담이 있는 정원이 완성되면서 자리 잡은 몽크스 하우스 정원 배치는
현재와 거의 비슷하다. 1937년 7월엔 부엌을 선명한 녹색으로 칠했고(부엌에

"우리 정원에 있으면 아늑해요.
레너드가 정원을 좀 내버려두도록 하는 게
제가 할 수 있는 일의 전부죠."[7] 버지니아 울프

(앞 페이지 왼쪽) 레너드의 정원 공책에 적혀 있는 다알리아 중에는 분홍색과 자주색이 많다.

(앞 페이지 오른쪽) 초여름에 알리움 '글래디에이터'와 헤스페리스 마트로날리스는 잘 어울린다.

(위) 1938년에 존 레이먼이 찍은 사진. 담이 있는 정원의 완성된 모습을 보여준다. 사진 오른편 뒤쪽에는 길옆에 네모나게 정돈된 산울타리가 보인다. 지금은 그곳에 이중벽이 들어서 있다.

(아래 그리고 옆 페이지) 고광나무는 6월에 몹시 멋지지만 그 이후론 다소 단조롭다. 고광나무 아래에 있는 클레마티스가 화단의 분위기를 이어가고, 클레마티스 다음엔 밝은 금색 꽃을 단 인동이 뒤를 잇는다.

있는 힐스 찬장 모서리에 남은 페인트 자국이 그때 묻은 것이 아닌가 한다), 부엌 뒷문 옆에 새 창을 냈다. 버지니아는 선언한다. "[부엌 개조는] 대단히 성공적이다. 이제 부엌은 녹색에 시원하며, 네모나게 난 새 창으로 꽃들을 볼 수 있다. 새 찬장, 페인트, 창문에 20파운드를 쓸 생각을 왜 그렇게나 오랫동안 못했는지 모르겠다."[8] 여기서 말하는 새 창은 24쪽에서 볼 수 있으며, 당시 칠한 녹색은 같은 사진 왼편에 있는 의자의 색과 비슷했다.

몽크스 하우스는 "이제 아주 호화로워져서 침실에 전기 히터를 둘 정도"[9]가 되었다. 적어도 울프 부부는 그렇게 느꼈다. 대단히 고매한 누군가가, 가령 실내장식가 시빌 콜팩스 같은 이가 몽크스 하우스에 방문하겠다고 위협하지 않는 한 말이다. 몽크스 하우스에는 소박하다고 할 정도로만 편의가 갖춰져 있다고, 버지니아는 아래와 같은 말들로 콜팩스에게 미리 경고한다.

(1) 경관은 엉망이 되었고
(2) 운전기사 방은 없음
(3) 당신에게는 너무나 좁고 누추한 곳
(4) 청소부로 일하는 마을 사람이 요리도 맡아서 합니다
p.s. 여기서는 옷을 차려입지 않고 잠옷만 입어요.[10]

옷을 보관할 장소는 해결할 수 없는 문제였던 것 같다.

1938년 여름 몽크스 하우스에서 길게 머문 몇 달의 끝 무렵에 버네사에게 쓴 편지에서 버지니아는 레너드와 나눈 대화를 옮긴다. "여기서 우리는 신성한 고독을 맛보곤 해. (…) 영혼도 쉬고 눈도 쉬는 이 불멸의 리듬을 즐기면서 여기에 영원토록 있는 게 어떨까. 그렇게 말했더니 L이 정색하고 대답했어. '당신은 그렇게 바보가 아니에요'라고."[11] 버지니아는 시골과 몽크스 하우스에 열광하는 일기와 편지를 썼지만, 사실 언제나 시골과 런던 사이, '신성한 고독'과 '왁자지껄함' 사이에서 흔들렸다. 반면 레너드는 자신이 어디에 있는 것을 가장 좋아하는지, 또 버지니아가 어디 있는 게 가장 좋을 것 같은지도 정확히 알았다. 그곳은 바로 몽크스 하우스의 정원이었다.

"창백한 꽃들이 피어난 정원을 가로질러"[12]

여기 나오는 화단 식재는 높은 경계로 둘러싸이고 서쪽에서 빛이
들어오는 정원에 좋을 것이다. 레너드 울프의 "거대한 흰 백합"[13]과
대상화 등 그가 가장 좋아한 꽃들을 포함한 멋진 식재가 앞쪽에
이루어지고, 화단 뒤쪽의 높은 경계 부분을 장미와 클레마티스가
감싸면서 배경이 되면 멋질 것이다.

다른 식재 계획과 마찬가지로 여기에도 변화를 줘서 적용할 수 있다.
가령 커다란 나무들이 화단의 높은 경계를 이루는 경우엔 장미 한두
그루와 클레마티스를 지지대에 받쳐 추가하는 식으로 바꾸면 된다.
그러나 내가 염두에 둔 정원은 가장자리에 울타리나 출입구가 있는
평균적인 기다란 정원이다. 나무와 관목 아래에 선갈퀴, 컴프리,
아네모네 네모로사, 삼지구엽초를 최대한 많이 심고, 그 아래쪽으로
봄에 피는 구근식물을 심으면 좋다.

구근을 심어두려면 화단 식재를 가을에 하는 것이 좋다. 백합은 백합만
있는 공간이 필요한데, 커다랗고 깊은 수반에 백합을 심었다가 꽃이
다 진 다음에 구근을 꺼내면 작업하기가 쉽다. 백합을 뽑아낸 빈 공간을
그냥 두지 못하겠다면 다른 화분에서 숲꽃담배를 키우다가 백합을
꺼낸 자리로 옮기면 된다. 아니면 코스모스를 심을 수도 있다. '퓨리티'
코스모스는 1미터 넘게 자라며, 솜털처럼 풍부한 잎과 줄기와
커다란 흰 꽃이 애매한 빈 곳을 채워준다.

1. 대상화 '오노린 조베르'
2. 에우포르비아 팔루스트리스
3. 제라늄 마크로리줌 '베번즈 버라이어티'
4. 알케밀라 몰리스
5. 아스트란티아 마요르 '알바'. 색채를 더하려면
   아스트란티아 마요르 '로세아'를 심는다.
6. 흰에키나시아 '알바'
7. 길레니아 트리폴리아타
8. 레갈레나리
9. 헤스페리스 마트로날리스. 자주색(흰색도 좋음).
   이 아래엔 알리움 '글래디에이터'를 심는다.
10. 튤립 '화이트 트라이엄페이터'가 봄에 피어나고
    그 뒤를 흰색 코스모스 '퓨리티'가 잇는다(온실에
    코스모스 씨를 뿌려서 키우다가 화단에 옮겨 심는다).
11. 산나리. 레너드의 '거대한 흰 백합'이 이 종류의
    백합이었다.
12. 미국수국 '아나벨리'
13. 소엽털개회나무 '수페르바'. 이 아래엔 헬레보루스,
    컴프리, 수선화 '탈리아', 흰 아네모네 네모로사를
    함께 심는다.
14. 준베리. 이 아래엔 헬레보루스, 큰꽃삼지구엽초
    '비올라케아', 수선화 '탈리아', 헤스페리스
    마트로날리스, 대상화를 심는다.
15. 장미 '문라이트'
16. 별목련. 이 아래엔 봄철을 위해 설강화와 아네모네
    네모로사를 심고, 여름철을 위해 선갈퀴를 심는다.
17. 클레마티스 몬타나 '알바'

(옆 페이지 위 왼쪽부터 시계 방향으로) 1) 미국수국 '아나벨리' 2) 알케밀라 몰리스
3) 클라마티스 몬타나 4) 아스트란티아 마요르 '로세아' 5) 코스모스 '퓨리티'
6) 크림색의 완벽한 봉우리가 달린 장미 '문라이트'.

몽크스 하우스의 다알리아

다알리아는 버지니아의 몽크스 하우스 정원 묘사에
초반부터 등장한다. 레너드는 언제나 다알리아를
키웠고, 매년 새로운 종의 다알리아를 심으려고
한 것 같다. 우리는 매년 새로운 품종 한두 개를
영국다알리아컬렉션에서 주문했다. 우리가 처음으로
다알리아를 구입한 것은 2001년, 세라 레이븐의
농원에서다. 원예가이자 요리사 그리고 작가인
레이븐은 비타의 손자인 애덤 니컬슨과 결혼한 사이로,
우리는 이렇게 연결되어 있다는 점이 좋았다.

"레너드의 정원은 마치 기적 같답니다.
(…) 다알리아가 얼마나 찬란하게
피었는지 오늘 같은 날에도 기분이
밝아질 정도예요." 버지니아 울프

4장 마지막 페이지

1938년 여름, 정원은 "갖가지 색으로 피어나고"[1] 있었다. 여러 걱정스러운 일과 함께 시작된 한 해였다. 신장에 문제가 생긴 레너드는 여느 해처럼 로드멜로 내려가 과일나무 가지치기를 할 수 없었다. 1월 하순까지는 구제역 때문에 로드멜 주변 지역이 봉쇄된다. 울프 부부는 폭우 속에 몽크스 하우스에 겨우 도착해 짧게 머문다. 버지니아는 6월에 출간된 《3기니》가 어떻게 받아들여질지 불안해했고, 그 몇 달 전부터는 로저 프라이의 전기를 쓰고 있었다. 레너드는 전기를 써달라는 주변인의 바람을 버지니아가 받아들이지 않았으면 좋았을 거라고 (속으로) 생각했다. 전기 작업이 버지니아의 마지막 몇 년 동안 상당한 스트레스를 줬기 때문이다. 로저 프라이의 전기는 버지니아의 작품 중 레너드가 비판의 목소리를 낸 유일한 작품이 된다.

(옆 페이지) 버네사 벨이 그린 버지니아의 1912년 초상화. 몽크스 하우스 개관을 위해 내셔널트러스트가 구입했다. 초상화 아래, 어설라 모먼스가 빚은 물병 안에 설강화와 풀모나리아가 꽂혀 있다. 사진 왼편에 세로로 홈이 나 있는 나무기둥 장식은 울프 부부가 식당 양쪽 가장자리에 붙인 장식 중 한쪽이다.

버지니아와 레너드가 8월 여름휴가를 위해 몽크스 하우스에 왔을 때 일꾼들은
예상보다 일찍 공사에 착수해 있었다. 다락 층의 일부를 개조해서 레너드가
쓸 몹시 좁고 긴 서재('헤지호그홀')를 만드는 공사였다. "일꾼들이 쿵쾅대고
있어. 우리 서재를 만드는 중인데, 갑자기 발코니와 베란다가 생겼네. 어찌된
일인지 설명할 수가 없구나."[2] 다운스에서는 탱크와 함께 군사훈련이 벌어졌고
"항공기가 배회"[3]했다. 1938년 내내 영국은 전쟁을 준비하고 있었다. "L과 나는
더는 그것에 관해 이야기하지 않는다. 볼링을 하고 다알리아를 꺾어오는 게 훨씬
낫다. 어젯밤 거실에서 검은빛을 배경으로 다알리아가 주황빛으로 눈부시게
타올랐다. 우리 발코니가 이제 세워졌다."[4]

1938년 9월 뮌헨협정이 맺어진 후 버지니아는 안도하는 마음을 담은 일기를
쓴다. 그 후에 벌어진 모든 일을 생각하면 그 일기를 읽는 것이 가슴 아프다.
1년 후 전쟁은 다시 두 사람을 내리누른다. 런던에서 울프 부부는 태비스톡
스퀘어를 떠나 멕클렌버그 스퀘어 37번지로 이사해야 했는데, 새집은 아직
지낼 만하지가 않고 두 사람은 여름을 대부분 로드멜에서 보내야 했다.
몽크스 하우스에는 "다알리아와 백일홍의 숲"[5]이 있었다. 버지니아는 오전엔
로저 프라이 전기를 붙잡고 씨름했고, 저녁엔 테라스에서 볼링 시합을 했다.
6월엔 자동차를 타고 브르타뉴와 노르망디를 짧게 여행했다. 이는 버지니아의
마지막 해외여행이 된다.

"저는 시골 생활이 좋습니다.
폭탄이 떨어져도 말이지요.
폭탄 없는 런던보다도
훨씬 좋아요. 이곳 정원은
사과나무 아래에
크로커스와
레티쿨라타붓꽃이
피어나면서 이제 막 생명에
차오르고 있어요. 우리도
여기서 꽤나 혹독한 겨울을
보냈습니다. 아주 춥고
눈이 많이 왔지요."[6]

레너드 울프

(옆 페이지) 거실의 녹색 페인트칠을 배경으로 놓인 다알리아, 금잔화, 멕시코해바라기, 크로코스미아, 회향.

(위 왼쪽) 내가 유일하게 찾을 수 있었던 과수원 안 온실 사진이다. 온실은 6미터 길이에 3미터 높이였다. 자세히 들여다보면 온실과 나란히 있는 선인장 온실의 구부러진 지붕이 보인다. 버지니아는 레너드의 온실을 그리 좋아하지 않았고, 온실들을 레너드의 '큐왕립식물원'이라고 부르기도 했다.

(위 오른쪽) 테라스에서 볼링 시합을 하는 안젤리카 벨, 버지니아 울프, 클라이브 벨, 클라이브의 연인 메리 허친슨.

1939년 7월, 다른 종류의 전쟁이 있었다. 바로 '온실 사건'이다. 레너드는 온실에 꽤나 열정적이었고, 이미 과수원 서쪽 벽 옆에 커다란 온실을 하나 가지고 있었다. 위 왼쪽 사진은 담이 있는 정원의 사진인데, 한 귀퉁이에 온실이 보인다. 7월에 레너드는 버지니아에게 의견을 구하지도 않고 분홍색이 도는 벽돌로 새 온실의 기초 부분을 쌓기 시작했다. 온실이 모습을 갖춰갈수록 버지니아는 기분이 안 좋아졌다. "두통. 죄책감. 후회……."[7] 버지니아는 일기에 썼다. 두 사람이 싸우는 일은 드물었지만 이번엔 충돌이 있었다. "그 추한 건물 대(對) L의 바람. 이렇게 괴로워할 가치가 있는 일일까? 아침에 목욕하던 중에 레너드가 왔을 때 그냥 공사를 계속하라고 했어야 했나?"[8] 버지니아는 그러지 않았고, 온실은 헐린다. 둘의 관계는 껄끄러워진다. 버지니아는 그 아침에 썼다. "(우중충하고 맘이 몹시 불편한 오늘 – 온실 사건의 아침, 나는 기분이 처지지 않게 휘파람을 불고 있다.) 이제 점심시간을 잘 넘겨야 한다. 짜증나는 점은, L이 내가 죄책감을 느끼게 만드는 데 능숙하다는 것이다. 그의 독단. 그렇게 행동하면 편하겠지. '오, 당신은 그게 싫다고요. 그렇다면 당신 말을 따르기로 하죠.'"[9] 이런 일이 있고 그날 저녁 두 사람은 약간 성이 난 채로 볼링 시합을 한다. 저녁 늦게 버지니아는 레너드에게 묻는다. "내가 아름답다고 생각하나요?" 레너드는 답한다. "그 누구보다 아름다워요."[10] 다음 날이 되자 "온실 대사건"[11]은 마무리된다. 기존의 온실 뒤에는 이후 무가온(無加溫) 온실이 들어선다.

8월, 전쟁이 임박한다. "다음 주에 우리는 서식스로 내려가요. (…) 거기서 작업을 할 수 있을까요? 집에 피난민을 가득 받아야 하는 걸까요? 항공기가 늘 우리 주변에 날아다녀요. 그리고 방공호들이 있지요. 그래도 전 우리가 평화롭게 지낼 수 있을 거라고 믿어요."[12] 9월 3일 일요일에 전쟁이 선포되었을 때 울프 부부는 몽크스 하우스에 있었다. 두 사람은 런던이 소개되면서 서식스로 내려온 사람들이 자리 잡도록 도와주지만, 그들 대부분은 시골 마을에서 지내는 일을 못 견디고 몇 주 후 집으로 돌아간다.

친구들은 열차 사정이 되는 한 계속 몽크스 하우스를 방문하고, 호가스 출판사 직원들도 로드멜로 내려와서 회의를 한다. 1939년부터 1940년에 걸친 겨울은

몽크스 하우스는 겨울에 몹시 춥다.
아래 사진에서 볼 수 있듯 집에 붙어
있는 온실 안에 고드름이 생길 정도다.
중앙난방은 1958년에야 설치되었는데,
우리가 지낼 때는 그리 잘 작동하지 않았다.
몹시 추웠던 어느 겨울, 보일러 연통에 불이
나서 우리는 45일 동안 난방 없이 지내야
했다. 나는 매일 버지니아를 떠올렸다.
추위를 싫어하던 버지니아는 전쟁이
시작되고 두 번의 겨울을 혹독한 추위에
떨며 보내야 했다.

혹독했다. "이렇게 중세시대 같은 겨울이 또 있었나 싶네요. 전기가 끊겼어요.
불을 써서 요리를 하고, 씻지도 못하고, 스타킹을 신고 목도리를 두른 채로
갔다니까요."[13] 퍼시 바살러뮤가 쌓인 눈을 파서 길을 내야 했고, 버지니아의
잉크통에 있던 잉크마저 얼어붙었다. 식량 배급제가 시행됐다. 버지니아의
일기를 보면 그가 한편으로 "창의력이 전부 막혔다"[14]고 느끼고, 다른 한편으론
머릿속에서 여러 가지 생각을 던져보고 있었다는 것을 알 수 있다. 주로 전쟁
또는 전쟁이 주변 사람에게 미친 영향에서 촉발된 생각들이었고, 그러느라
로저 프라이 전기 작업에 집중하지 못할 때가 많았다. 1940년 봄에 독감을
앓고 나서 버지니아는 테라스를 거닐다가 "풍성하게 피어난 한 무리의 황금빛
크로커스"[15]를 보았고, 몇 주 후에 "선명한 빛의 수선화 다발"[16]이 피어난
것을 발견한다. 레너드는 예전 곡물창고 담 뒤에 바위 정원을 만들고, 퍼시는
사과나무에 물을 줬다.

1940년 5월, 마침내 버지니아는 《로저 프라이》의 교정쇄를 부치고는
후련해한다. "사과꽃이 정원에 눈처럼 흩날리고"[17] 볼링공이 굴러가서 이슬연못
속으로 사라졌던 그때, 나치 독일이 네덜란드와 벨기에를 점령한다. 됭케르크
철수 작전이 있고 몇 주가 지나자 독일의 침공은 일어날 수밖에 없는 일로
보였고, 영국해협에서 겨우 6킬로미터 정도 떨어진 곳에 있는 로드멜은 갑자기
런던보다 더 위험한 곳이 됐다. 레너드와 버지니아는 독일군이 영국에 상륙할
경우에 대비해 자살에 관해 "꽤 단도직입적으로 이야기"[18]를 나눈다. 레너드는
차고에서 일산화탄소를 마시고 죽을 수 있도록 가솔린을 준비하고, 버지니아는
남동생 에이드리언에게서 모르핀을 얻어둔다. 그러면서도 버지니아는 너무도
고통스러운 절규를 일기에 남긴다. "아니, 차고가 내 마지막인 건 싫다. 10년 더
살면서 책을 쓰고 싶다. 늘 그랬듯 내 머릿속으로 쏟아져 들어올 그런 책을."[19]
정원의 구스베리엔 병이 생긴다. 퍼시는 계속 채소 화단의 흙을 뒤집고 잔디를
깎는다. 버지니아와 레너드는 단지에 절여둔 계란을 전에 먹던 계란과 맛의
차이가 없는 양 묵묵히 아침식사에 곁들여 먹는다. 버지니아는 잼을 만들기
위해 블랙베리를 딴다. 레너드는 채소재배위원회의 위원장을 맡고, 1940년에
그에게서 밭을 빌린 잰슨이라는 농부를 설득하여 마을 사람들이 채소 재배를
할 수 있도록 밭을 재임대하도록 한다. 당연히도 울프 부부에겐 과일과 채소가
부족하지 않았고, 남은 물량은 친구들에게 주거나 물물교환을 하고 팔았다.
밭에서 나는 채소 역시 판매하거나 교환했다. 뉴헤이븐 남학교는 레너드에게서
1헌드레드웨이트당 7실링에 감자를 구입하고, 당근을 공급해줄 수 있는
농부가 있는지도 물었다. 1940년에 레너드는 양봉에 필요한 설탕 40파운드[약
18킬로그램]를 확보하기 위해 허가증을 신청한다. 설탕이 일주일에 8온스[약
230그램]씩 엄격하게 배급되던 때였다. 레너드는 꿀을 생산하고 있었고

"이렇게 중세시대 같은 겨울이 또 있었나 싶네요.
전기가 끊겼어요. 불을 써서 요리를 하고, 씻지도 못하고,
스타킹을 신고 목도리를 두른 채로 잤다니까요."

버지니아 울프

"토요일엔 눈이 왔다.
케이크 위에 뿌린
하얀 설탕처럼
정원 전체를
두껍게 덮었다."[20]

버지니아 울프

(옆 페이지 왼쪽) 겨울의
이슬연못.

(옆 페이지 오른쪽) 1941년
이슬연못에서 스케이트를 타는
레너드. 그 얼마 후 레너드는
뒤에 보이는 느릅나무 아래에
버지니아의 재를 묻게 된다.

(위) 겨울의 테라스. 테라스 벽을
따라 있던 화초가 모두 제거되기
전에 찍은 사진이다.

이는 설탕의 정당한 사용처였지만, 그래도 개인이 허가를 받으려면 벌이 몇
마리 있으며 어디서 설탕을 구입하려고 하는지를 밝혀야 했다. 9월이 되자
벌통에선 "순금 방울이 떨어졌다."[21] 버지니아는 병 서른 개를 꿀로 채운다.
같은 달, 과수원에선 자두가 그 어느 때보다 많이 생산됐다. "여기 와서 우리
정원을 보셔야 해요. 레너드가 눈에 넣어도 아프지 않을 그런 정원이지요.
짐작하시는 대로 저는 손가락 하나 까딱하지 않았지만, 그래도 나무 그늘을 따라
걷는답니다. 무슨 나무인지 이름은 기억하지 못하지만요."[22]
한편 레너드는 온실에 관련된 일로 지역농업위원회에 편지를 쓴다. 레너드는
농작물 생산을 위해 온실 난방 자격이 있었지만, 너무도 정직했던 그는 꽃만
재배하는 두 번째 온실의 리턴 파이프에서 열기가 나온다는 점을 걱정했다.
몹시 추웠던 1940년의 12월에도 온실에 카네이션이 가득했던 건 그 파이프에서
나오는 열기 때문이었을 것이다. 농업위원회는 친절했다. 뜨거운 리턴
파이프에서 부수적으로 열기가 발생하는 일은 범죄가 아니라는 답변이었다.
1940년 8월 영국 육군성은 파운드 크로프트 들판에 사격 진지를 짓도록 하고,
로드멜 상공에서는 전쟁이 본격적으로 벌어진다. 버지니아는 여전히 활기가
넘치고 즐겁기까지 한 편지들을 쓴다. 그는 일기에 "비행기 편대 날씨"[23]라고
농담한다. 두 사람은 머리 위로 날아다니는 전투기들 아래에서 볼링 시합을
했다. 한번은 전투기가 깜짝 놀랄 정도로 낮게 날아서 두 사람은 몸을 내던져
과수원 잔디밭에 얼굴을 묻고 있어야 했다. 버지니아는 여전히 긴 산책을

나갔고, 전투기가 나타나면 건초 더미에 몸을 숨겼다. 레너드는 마을 소방대에 합류하고, 버지니아는 로드멜여성협회 일에 관여해서 몇 번 강연을 하고 비타 색빌-웨스트와 안젤리카 벨 등 다른 이들도 강연하도록 주선했다. 전보다 훨씬 더 마을의 삶 안으로 끌려들어간 두 사람은 자신들이 할 수 있는 일을 불평 않고 했지만, 이는 "쉴 새 없이 사람들 목소리"[24]가 끼어들고 이런저런 일에 끊임없이 방해를 받는다는 뜻이었다. 몽크스 하우스는 더 이상 평화롭고 조용히 쉴 수 있는 곳이 아니었다. 그런 중에도 버지니아는 계속 《막간》(처음에는 《포인츠 홀》이라는 제목이었다)을 써간다. 로드멜의 마을 생활에서 영감을 얻은 이 작품은 《로저 프라이》를 집필하는 "고역"[25]에서 그가 숨 돌릴 수 있게 해준다.

두 사람이 런던에서 멕클렌버그 스퀘어 37번지로 이사하고 호가스 출판사도 그 집 지하로 옮긴 지 1년 정도밖에 안 되었을 때, 공습으로 맞은편 집이 파괴되며 멕클렌버그 스퀘어에는 불발된 폭탄이 남는다. 폭탄을 폭발시키면서 울프 부부의 집 일부가 손상되어 지낼 수 없는 상태가 된다. 호가스 출판사의 시작부터 있었던 수동 인쇄기와 활자를 포함하여 인쇄기구 일체를 두 사람의 책 전부와 함께 로드멜로 옮긴다. 창고로 쓸 방 세 칸을 보튼이라는 마을 농부가 빌려주기로 했지만, 그는 폭탄이 떨어지면 불이 붙기 십상인 책과 종이가 방에 가득하게 되리라곤 생각하지 못했다. 보튼 씨의 반대로 방 하나는 쓰지 못하게 되었는데, 이는 울프 부부의 책 전부를 몽크스 하우스를 비롯하여 다른 곳에 두어야 한다는 뜻이었다. 몽크스 하우스 큰 거실의 눅눅한 벽돌 바닥 위에 책들이 잔뜩 쌓아올려진다. 호가스 출판사 사무실은 런던 북쪽의 도시 레치워스로 이사 가고, 전쟁 시기에 레너드는 사무실에 가기 위해 여러 번의 지루하고 쉽지 않은 여정에 나서야 했다. 두 사람은 짐을 풀어야 했고 청소해서 보관해야 했다. 4일이 걸린 작업에 버지니아는 완전히 지치지만, 그럼에도 그는 투지에 차서 "닦고 광내고 버릴 것이다. 여기서의 우리 삶을 최대한 단정하고 밝고 활기차게 만들 것"[26]이라고 결심한다. 런던에 집이 없는 건 버지니아의 인생에서 처음이었고, 삶은 정말로 "마을 크기로 축소"[27]된다. 그는 일기에서 몽크스 하우스를 '작은 보트'라든지 '배'라고 부르곤 한다. 사람들이 방문해서 그 배에 올라탔지만 그들은 버지니아가 만나고 싶은 이들이 아니었다.

어느 저녁 일기를 쓰다가 버지니아는 창밖을 내다본다. "나무에 사과들이 붉다. L이 사과를 따고 있다. (…) 그리고 대기 전체는 장엄한 고요로 가득하다. 하늘에 창백하게 윙윙대는 소리가 시작되는 8시 30분 전까지는. 런던을 향해 가는 비행기들이다. (…) 하늘에 작은 잎사귀를 흩뿌리는 느릅나무. 열매를 달고 늘어져 흔들리는 우리의 배나무. (…) 내가 죽음을 생각해야 하나? 어젯밤 창문 아래로 폭탄이 엄청나게 쏟아졌다. 너무도 가까이에 떨어져서 우리는 둘 다 뛰기 시작했다. 테라스로 갔다. (…) 전부 고요했다. (…) 나는 L에게 말했다. 아직은

(아래) 전쟁 기간 동안 레너드는 양봉에 쓸 설탕을 확보하기 위해 허가를 받아야 했다. 오늘날의 몽크스 하우스 정원은 그때와 마찬가지로 곤충과 벌과 나비의 천국이다.

(위) 전쟁 기간 내내 버지니아와 레너드는 배급받은 설탕에 더해 벌을 쳐서 얻은 꿀을 먹을 수 있었다.

죽고 싶지 않고.''[28]

두 사람은 다시 겨울의 초입에 있었다. "꽤 힘든 겨울"[29]이었다. 버지니아의 친구이자 의사인 옥타비아 윌버포스는 버지니아가 너무나 수척해진 것을 보고 놀라서 브라이턴에서 생산된 우유, 크림, 버터를 매주 보내주기 시작한다. 버지니아는 답례로 사과를 보낸다. 특유의 장난기를 발휘하여 버지니아는 "연인"[30]이 보내준 크림이라면서 에설에게 자랑하며 으스댔다. 비타도 버터를 보내줬고 자신이 소유한 양떼에서 나온 양털을 선물로 보내준다. 이 양털로 요리사 루이는 버지니아가 입을 두껍고 따뜻한 스웨터를 짠다. "이 스웨터가 내 목숨을 구했어요. 늘 입고 산답니다."[31] 음식은 항상 머리 한쪽을 차지하는 일이 됐다. 1940년이 끝나가던 때 버지니아는 쓴다. "이제 먹는 게 얼마나 즐거운지. 나는 상상 속에서 음식을 만든다."[32]

전쟁이 시작되고 두 번째로 맞는 겨울은 첫 번째 겨울만큼이나 혹독했다. 레너드는 연못에서 스케이트를 탄다. 그가 신던 스케이트는 지금도 몽크스 하우스에 매달려 있다. 1월에 런던에 간 버지니아는 전에 살던 블룸즈버리 스퀘어에 들러본다. 그곳은 이제 "손상되고 부서졌다. 옛날의 붉은 벽돌은 하얀 분가루가 됐다."[33] 몽크스 하우스에서 버지니아는 바닥을 닦았으며, 우울함을 '궤멸'하기 위해 부엌을 치웠다. 정원엔 설강화가 핀다. 버지니아의 일기는 고통스러울 정도로 무미건조하지만 때론 용감한 얼굴이 나타나기도 한다. "맹세컨대, 이 절망의 저점(低點)이 날 삼키지 못하게 하겠다."[34] 그러나 두 사람은 "미래 없이 살고" 있는 듯했다. "닫힌 문에 우리 코를 바싹 댄 채로."[35] 3월이 되자 버지니아의 상태는 확실히 심각해진다. 레너드는 어찌할 줄 몰라 했다. 옥타비아가 우유와 크림을 가져다준다는 구실로 일주일에 한 번씩 들렀다. 사실 레너드가 버지니아의 상태를 봐달라고 요청한 것이었다. 3월 28일 아침에 레너드는 존 레이먼에게 버지니아의 상황을 알리는 편지를 쓴다. "버지니아는

(위) 정원에 핀 설강화.

(옆 페이지) 스티븐 톰린이
제작한 버지니아의 흉상. 나무
그늘 아래의 이 장소에서
우리는 사람들이 놓고 간 꽃과
시를 자주 발견했다. 한번은
조약돌 하나가 있었는데,
이렇게 새겨져 있었다.
"나만의 방을 가질 수 있게
해줘서 고마워요."

신경쇠약의 위기에 있으며 매우 안 좋다네. 전쟁과 음식 문제, 추위가 영향을
미쳤고, 나는 위기가 오고 있다는 걸 얼마 전부터 알았어."

3월 28일 버지니아는 루이를 도와 집안 먼지를 좀 털고, 레너드와 버네사에게
견딜 수 없는 슬픔을 담은 편지를 남긴 후, 우즈강으로 걸어가서 주머니를 돌로
채운 후 물에 뛰어든다. 버지니아는 강으로 뛰어들어야 했을 것이다. 강둑은
높고 가파르며, 유량이 주기적으로 변하는 우즈강은 유속이 빠르기 때문이다.
마지막 일기에서 정원이 언급된다. "L이 만병초를 매만지고 있다."[36]

3주 후 사우시즈 다리 가까이서 놀던 아이들이 버지니아의 시신을 발견한다.
레너드는 시신 확인을 해야 했다. 그 몇 주 전 등화관제 때 빛이 살짝
새어나왔다고 경찰관이 버지니아를 심하게 질책해서 마음을 대단히 상하게
한 일이 있었는데, 바로 그 경찰관이 레너드를 시체안치소까지 태워다준다.
버지니아는 브라이턴에 있는 다운스 화장장에서 화장된다. 레너드는 홀로 그
자리를 지킨다. 레너드는 버지니아의 재를 정원 느릅나무 아래에 묻고, 《파도》의
마지막 문장이 새겨진 석관을 놓는다. 나중에 정원 두둑에서 발견된 이 석관은
스티븐 톰린이 제작한 버지니아의 흉상 아래 놓인다.

버네사, 비타, 옥타비아 윌버포스가 레너드를 위로하고 지지해줬지만,
레너드는 자신을 비난한다. 버지니아가 다시 신경쇠약의 위기에 처했다는
걸 눈치챘음에도 과감하게 조치를 취하지 않았다는 자책이었다. 1913년
버지니아의 자살 기도가 의사를 만난 직후에 있었기 때문에, 레너드는 1941년
3월 27일에 옥타비아에게 진찰을 받으러 버지니아를 데려가면서 그 일이
위험할 수도 있다고 봤다. 버지니아가 죽고 얼마 후 레너드는 버지니아의
일기를 읽는다. 마지막 일기들은 혼란스러운 이미지로 가득해서 마치 일그러진
형상을 비추는 거울이 가득한 방에 있는 것 같았다. 언젠가 버지니아는 이렇게
묘사한 적이 있다. 레너드가 버지니아의 건강을 위해 이런저런 지침을 줬을
때 버지니아가 따르지 않으면 레너드의 표정이 마치 교수대에 오른 사람같이
된다는 것이었다. 마지막 몇 주 동안 버지니아는 예전 증상들이 돌아오는 걸
느꼈으며, 레너드의 그 같은 표정을 보면서, 또 옥타비아에게 진찰을 받으러
가면서 광기가 돌아온다는 의심이 확신으로 변한 건 아닐까. 레너드는 자신에게
위로를 허락하지 않았다. 사람들과 함께 있기도 원하지 않았다. 그는 썼다.
"사람들은 '차 마시러 오세요. 위로해드리고 싶어요'라고 말한다. 하지만
소용없다. 인간은 자신만의 십자가에 매달려야 한다. (…) V가 글을 쓰던
오두막에서 나와 정원을 가로질러 걸어오지 않을 걸 알지만, 그래도 나는 그의
모습을 찾아 그쪽을 바라본다. 버지니아가 익사했다는 걸 알지만, 그래도 나는
그가 돌아온 소리가 나지 않는지 문가에 귀를 기울인다. 이게 마지막 페이지인
줄 알지만, 그래도 나는 이 페이지를 넘긴다."[37]

"정복당하지 않고,
굴복하지 않고,
너를 향해 나를 던지노라,
오오, 죽음이여.
파도가 해변에 부딪힌다."

버지니아 울프, 《파도》

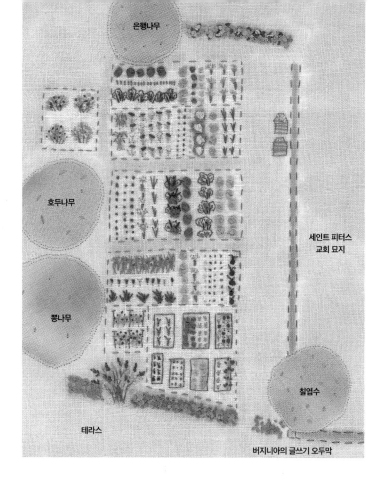

은행나무

호두나무

뽕나무

테라스

세인트 피터스
교회 묘지

칠엽수

버지니아의 글쓰기 오두막

채소밭

제이컵 베럴은 몽크스 하우스의 채소밭을 훌륭하게 가꿨다. 베럴의
정원사이자 세인트 피터스 교회 관리인이기도 했던 윌리엄 데드먼이
밭일을 거들었다. 레너드가 몽크스 하우스를 구입했을 때 윌리엄은
편지를 써서 "겨울과 봄에 채소가 준비되어 있으려면 이제 심어야 할
때"[1]라며 도움이 필요한지 물었다. 1928년에 정원이 파운드 크로프트
들판까지 확장되기 전까지 윌리엄은 레너드의 정원 일을 도왔다.
서식스대학교 소장 문서 중에는 어디에 어떻게 씨를 뿌려 채소를
키울지 매년 계획을 적어 넣은 채소 식재도의 복사본들이 있다. 1928년
이후엔 퍼시 바살러뮤가 채소밭을 가꿨다. 레너드와 자주 언쟁을
벌여가며 말이다.

(오른쪽) 잘 구획된 땅에 꽃과 채소가 가득하다.

오늘날 채소밭은 마을농장이 되어 로드멜 원예협회가 관리한다. 몽크스 하우스 세입자에게 할당된 구역에 우리는 상자형 텃밭을 설치했다. 사진에 보이는 것처럼 스위트피와 콩을 지지하는 방법은 찰스턴 하우스의 텃밭 정원에 사용된 것을 보고 따라 했다.

퍼시의 딸 마리가 말해주길, "아버지는 모든 일을 엄격하게 규칙에 따라 하는 걸 좋아"했다고 한다. 마리는 아버지가 매일 저녁 식탁에 앉아 "울프 씨가 또 여기저기 파헤치고 다니고 있어"라며 불평하던 모습을 기억했다. 채소밭을 테라스 북동쪽 구석으로 옮기는 작업은 꽤 큰일이었을 것이다. 채소밭의 북쪽 면과 서쪽 면을 보호하기 위해 산사나무 산울타리 두 개가 직각으로 만나도록 조성된다. 밭 중간 부분을 차지한 커다란 과수 보호망 안에선 각종 베리가 자랐다. 토질도 개선되었다. 레너드와 그에게서 밭을 빌린 농부 사이에 오간 짜증이 담긴 편지가 남아 있는데, 두 사람은 11월에 들판 낮은 쪽으로 나가는 출입문에 생긴 진탕 때문에 거름 수레가 옴짝달싹 못하게 된 일에 관해 말했다. 하수조를 메워 없앨 때 퍼시는 그 안의 내용물을 양동이로 채소밭에 옮겨 붓는, 즐겁다고는 할 수 없는 일을 맡아서 했다.

울프 부부가 런던에서 지낼 때 퍼시는 채소와 과일 바구니를 매주 기차 편으로 보냈다. 레너드는 채소와 과일 재배를 사업듯 했다. 여분은 루이스여성협회 시장에서 팔았고, 매년 수익을 기록했다. 과일은 병조림을 했다. 버지니아의 조카인 안젤리카는 "청록색 구스베리로 가득한 찬장과 몽크스 하우스 계단 위를 채운 짙은 자주색 라즈베리를 버지니아가 얼마나 자랑스러워했는지"[2] 회고한다. 작가 엘리자베스 보엔을 처음 만난 자리에서 놀랍게도 버지니아는 구스베리로 아이스크림을 만들면 구스베리 색깔이 날지 실험해볼 것이라면서 아이스크림 만들 이야기를 길게 했다고 한다.[3]

1932년의 정원 평면도(189쪽)에서 볼 수 있는 채소밭 북쪽의 산울타리는 어느 시점엔가 제거된다. 뽕나무와 호두나무를 심을 때 없앤 것일 수도 있겠다. 최근 이 나무들의 수령을 추정해봤더니 최소 70년이 나왔다. 레너드와 트레키의 관계가 시작된 초기에 레너드가 이 나무들을 심었을 것 같은데, 글쓰기 오두막의 경관을 가릴 큰 나무들을 심는 일에 버지니아라면 동의했을 것 같지 않기 때문이다. 레너드는 1941년에 로드멜원예협회를 공동 설립하고, 녹색 거실에서 협회 회의를 주관했다. 로드멜의 여름 화훼전시회에서 사람들이 가장 탐내는 트로피는 최고작품상인 '레너드 울프 로즈 볼(Rose Bowl)'로, 1970년에 트레키가 레너드를 기념하여 기증한 것이다. 1968년 여름, 인생에서 마지막으로 참여한 전시회에서 레너드는 (새 정원사 파우트 판 데르 케이프트의 도움을 받아) 채소 부문 일등상 여섯 개를 받는다. 퍼시는 눈에 문제가 생겨서 1946년에 그만두었다. 오늘날 채소밭은 마을농장이다. 그중 한 구역을 가꾸는, 아흔이 넘은 론 메드허스트는 사우스 팜 출신의 양치기이고, 그의 아내는 2차 대전 기간 동안 농업지원여성회에서 일했다. 이들의 구역은 내 상상 속 레너드의 채소밭과 같다. 모든 일이 엄격하고 정연하게 이루어지며, 흠 잡을 데 없는 채소들이 이름표를 붙이고 빡빡하게 잡초 하나 없이 들어서 있다.

"그의 아름다운 정원에선 시간이 멈춘다."[1] 역사학자 에이사 브릭스

5장 버지니아 이후

버지니아 사후 몽크스 하우스는 레너드의 삶에서 중심이 된다.
런던에 방을 임대하긴 했지만 그곳은 집이라기보다는 이동의
편의를 위해 마련해둔 장소에 가까웠다. 레너드의 일상은 대체로
이전과 비슷하게 계속됐다. 오전엔 몽크스 하우스 꼭대기의
헤지호그홀에서, 발코니로 통하는 큰 유리창 앞에 의자를 두고
코지 스토브가 놓인 벽난로 쪽을 향해 앉은 채 조그만 책상에서 작업했다.
수년 전 E. M. 포스터가 산책 후 그 스토브에 몸을 말리려다가 바지를 태운
적이 있다. 오후에는 정원 일을 했고, 저녁엔 책을 읽고
음악을 들었다. 때론 저녁식사 후에도 정원 일에 빠져 있었다.

(위) 몽크스 하우스 출입문(전혀 사용되지 않았다) 밖 코코와 함께 있는 레너드.

(옆 페이지) 잔디밭 가장자리의 화단. 샐비어 실베스트리스 '마이나흐트', 점좁쌀풀,
베르바스쿰, 라벤더가 엉켜 있다.

(왼쪽) 어설라 모먼스가 만든 물병
두 개가 버지니아의 침실 서가에 있다.
서가의 이 칸에는 버지니아의
소설 번역판들이 꽂혀 있다.

(옆 페이지 위) 선인장 온실에 있는
트레키.

(옆 페이지 아래) 과수원에서 양봉을 하는
트레키와 레너드.

(아래) 호가스 출판사의 근정(謹呈)
메모지와 1930년대의 씨앗 봉투가
레너드의 책상 위 압지대에 끼워져 있다.
씨앗 봉투는 우리가 발견하여 몽크스
하우스에 기증한 것이다.

군부대가 옆 들판에 막사를 세울 때가 자주 있었다. 레너드는 군인들에게 사과와
채소를 줬고, 장교들과 체스를 뒀다. 때로 차고 위에 딸린 방에서 장교들이
머무르기도 했는데, 그곳엔 번역 중인 버지니아의 작품이 담긴 상자들이
보관되어 있었다. 어느 날 레너드는 체코인 장교가 정원에서 책을 읽고 있는
것을 본다. 자신의 모국어로 된 책을 발견한 장교는 몹시 기뻐하고 있었다.
그 책은 《플러시》였다.

1941년 8월, 레너드는 〈뉴스테이츠먼〉의 이사회에 합류한다. 여러 친구
집의 남는 방에서 지내본 후 그는 클리퍼즈 인에 방 몇 개를 잡는다. 22년
전 버지니아와 결혼 생활을 시작한 곳이었다. 레너드는 일주일에 이삼일을
런던에서 지냈으며, 나중에는 멕클렌버그 스퀘어 37번지로 다시 돌아가서
그곳의 방 몇 개를 쓴다. 그는 오랜 친구들과 다시 만나기 시작한다. 그중에는
T. S. 엘리엇도 있었는데, 엘리엇을 방문할 때 레너드는 정원에서 딴 다알리아 한
상자를 가지고 갔다.

관계가 다시 시작된 친구 중엔 앨리스 리치가 있었다. 작가인 앨리스는 소설 두
편을 호가스 출판사에서 냈으며, 1930년대 초반 호가스 출판사 영업 담당자로도
일한 적이 있다. 예전에 앨리스는 당시 슬레이드 미술대학 학생이었던 여동생
트레키를 울프 부부에게 소개한 적이 있다. 나중에 레너드는 그때 트레키가
"대단히 아름다웠다"[2]라고 회상한다. 남아프리카공화국에서 자란 앨리스와
트레키의 가족은 아버지가 제1차 세계대전이 발발하여 입대하면서 영국으로
돌아온다. 호가스 출판사는 앨리스의 소설을 포함해 여러 작품의 표지 디자인을
트레키에게 맡긴 적이 있다. 1941년 암으로 죽어가던 앨리스는, 트레키 그리고

트레키의 남편이자 채토앤드윈더스 출판사 이사인 이언 파슨스와 함께
빅토리아 스퀘어에 있는 집에서 지내고 있었다. 앨리스는 이곳으로
레너드를 초대하고, 레너드는 1941년 10월에 앨리스가 세상을 뜰 때까지
매주 방문한다. 트레키는 그에게 감사했다. 육군성에 근무하던 트레키는
앨리스 곁을 지켜주는 사람이 있어서 마음을 놓을 수 있었다.

1942년 초에 레너드는 흰색 프리지아와 붉은 시클라멘이 담긴 상자를
트레키의 집 문앞에 두고 간다. 트레키는 바로 감사의 편지를 쓴다.
편지에서 그는 식물을 가꿀 공간이 없다고 한탄하며 자신이 얼마나 온실을
갖고 싶은지 말한다. 이후 레너드는 몇 번 더 상자를 놓고 간다. 딸기, 사과,
배, 프리지아, 그리고 같이 지내는 동물과 식물의 소식이 담긴 편지가
상자에 담겼다. 트레키가 초기에 보낸 편지들은 유쾌하고 살짝 친밀한
장난기가 어려 있으며 레너드에게 바라거나 요구하는 바가 전혀 없었다.
트레키는 레너드에게 '맛있고 조그만 호박'의 씨앗을 보낸다. 1943년 2월,
이제 트레키를 잘 이해하는 사람이 된 레너드는 그가 그림을 그리도록
자신의 귀중한 레티쿨라타붓꽃을 전한다. 그해 여름에 레너드는 빅토리아
스퀘어에 있는 트레키의 옆집을 임대하고, 트레키는 주말마다 몽크스
하우스로 내려왔다.

레너드는 사랑에 빠져 있었고 자신의 사랑을 감추지 않았다. 트레키는 이언
파슨스와 행복한 결혼생활을 하고 있었지만 잠자리를 함께하지는 않았고,
이언은 채토앤드윈더스의 파트너인 노라 스몰우드와 연애 중이기도 했다.
트레키는 레너드에게 경고했다. 그의 사랑을 받아 기쁘며 자신도 그 사랑에
답하고 있지만, 남편이나 레너드 누구도 슬프게 만들고 싶지는 않다는
말이었다. 이런 통고가 있은 후, 두 사람은 대단히 로맨틱하지만 사실상
성적인 관계는 없는 연애를 시작한다. 두 사람이 공유하며 커다란 기쁨을
느낀 것 중 하나는 바로 몽크스 하우스의 정원이었다. 트레키는 정원 일에
몹시 열심이었고, 두 사람은 정원에서 함께 일하길 즐겼다.

레너드는 실론에서, 트레키는 남아프리카공화국에서 산 적이 있고, 그래서
두 사람은 이국적이고 화려한 색깔의 꽃을 좋아했다. 스타펠리아 또는
대화서각이라고 불리며, 썩은 고기 같은 불쾌한 냄새를 풍기는 식충 꽃에
관한 기사를 두 사람이 함께 써서 〈내셔널 지오그래픽〉에 실은 적도 있다.
둘은 선인장에서 꽃이 나왔다는 소식을 서로에게 전했다. 정원을 거닐던
버지니아는 식물 이름을 기억하지 못했지만, 트레키는 레너드만큼이나
열심히 화초를 연구하고 정원에 가져올 특이한 식물을 찾길 좋아했다.
파슨스 부부는 다소 호화로운 생활에 익숙했는데, 레너드가 그런 트레키의
영향을 받게 되었는지도 모른다. 레너드는 중앙난방을 설치하고 새 양복과

(위) 레너드는 트레키를 위해 글쓰기
오두막을 증축했다. 증축된 공간에 설치된
계단 옆에 수선화가 피었다. 트레키가
파란색으로 칠한 그 공간은 '트레키의
푸른 방주'로 불렸다.

(옆 페이지) 침실 문 앞의 모습. 외대로
키우는 오래된 사과나무에 꽃이 피었고
그 아래에 블루벨이 피었다.

더 비싼 와인을 주문했으며, 나아가 특정 식물을 전문적으로 다루는 농원에서 매년 화초를 주문하기 시작한다. 그의 정원 공책을 보면 '주문했음'이라는 메모가 적힌 식물의 수가 분명 1950년대와 60년대에 대단히 많아졌다. 어쩌면 레너드에게 정원에 쓸 시간이 더 많이 생겼기 때문일 수도 있겠다.

두 사람이 함께 몰두한 또 다른 대상은 반려동물이었다. 레너드는 늘 개와 고양이 몇 마리와 함께 살았고, 발정기에 동물들을 통제하려는 그의 노력은 때로 조르주 페이도의 희극처럼 보였다. "방마다 발정기인 동물이 한 마리씩 있는 것 같아요. 진은 사과를 둔 방에서 하루 종일 새된 소리를 질러서 밤에는 욕실에 두어야 해요. 베스는 목요일부터 발정기가 시작됐지만 소리를 지르지는 않네요. 다행이지 뭐예요. 아마도 코코가 다음일 텐데 이제 내가 쫓아다닐 차례이겠죠. 델로스는 아주 건강해요. 화장실에 들어가서 화장지를 잔뜩 풀어놓았어요. 지금 정원에 델로스가 보이네요. 새들을 쫓아다니며 정원에서 오래 시간을 보내는 버릇이 델로스에게 생긴 것 같아요."[3] 진과 델로스는 레너드의 고양이이고, 코코는 레너드의 개이다. 베스는 파슨스 부부의 개였다.

트레키는 레너드가 마침내 정원에 관해 편지를 써서 이야기할 수 있는 사람이었다. "수선화, 패모, 히아신스가 전부 활짝 피었습니다. 자두나무엔 흰 꽃이 가득하고요. 온실에는 프리지아가 잔뜩 피었고, 커다란 백합의 커다랗고 붉은 꽃봉오리가 잎집을 뚫고 나오고 있어요. 하지만 당신이 정원과 나의 너무도 큰 부분을 차지하게 되어서 (…) 당신이 여기 없을 때 꽃이 피면 이건 아니라는 느낌이 듭니다."[4]

전쟁이 끝난 후 레너드는 트레키가 쓸 수 있도록 몽크스 하우스를 다락방까지 확장하면 어떻겠냐고 제안하며, 또 정원의 반절을 나눠 쓰자고도 한다. "그렇게 하면, 바라건대, 제가 당신을 어떻게 생각하는지 보여줄 수 있을 겁니다. (…) 정원의 일부를 내주고픈 사람은 이 세상에 당신뿐이니까요. (…) 그리고 상상해봅니다. 울타리 반대편에서 감자를 캐거나 에우크리피아를 심고 있는 당신을 보면 인사를 건넬 거예요. 정원 가꾸는 사람들이 늘 하듯 말입니다."[5] 트레키는 거절한다. 레너드는 집을 함께 쓰면 어떻겠냐고 장난스럽게 제안하고, 트레키는 마찬가지로 유쾌하게 거절한다. 두 사람이 공유하는 것은 로드멜에서의 주말이었고, 레너드는 더 많이 함께하길 원했다. "내 사랑 호랑이, 지난 주말이 계속 떠올라요. 당신이 삶을, 집을, 정원을, 나를 얼마나 변화시키는지 계속 생각하게 됩니다."[6]

1944년 8월 런던 폭격이 더욱 심해지고 이언 파슨스가 프랑스에 배치된 후 트레키는 1년간 몽크스 하우스에서 지내게 된다. 이언도 동의한 계획이었다. 트레키와 레너드는 방을 따로 쓴다. 21세기의 감수성을 가지고 두 사람 사이에 오간 편지를 읽다보면 둘이 잠자리를 함께하지 않았다는 사실을 믿기 어렵지만,

그게 사실이었던 것 같다. 레너드의 유언장을 검인(檢認)하던 중 문제가 생겼을
때 트레키가 법정에서 선서하고 그 사실을 단언한 바 있다.

몽크스 하우스에서 지내게 된 트레키는 바로 집을 바꾸기 시작한다. 부엌을
통째로 바꾸는 일이 그 시작이었다. 트레키는 버지니아의 침실을 옅은
분홍색으로 칠하고, 버네사에게서 의자에 씌울 직물을 샀다. 분홍색은 분명
트레키가 가장 좋아한 색이었다. 그는 "정열적인 분홍 종이"[7]에 편지를 쓰기도
했는데, 나는 레너드의 정원 공책에 등장하기 시작한 많은 수의 분홍색 꽃이
트레키와 관련이 있는 것이 아닌지 궁금하다. 1944년 10월, 파슨스 부부는
아이퍼드 그레인지를 임대한다. 로드멜과 루이스 사이, 가장 아름다운 다운스의
풍경을 향해 서 있는 커다란 하얀 집이었다. 전쟁이 끝난 후 파슨스 부부는
런던의 집을 팔고 빅토리아 스퀘어 24번지의 2, 3층을 레너드와 함께 쓴다.
복잡하고 정교하게 합의된 관계였다. 당사자들은 서로 감추는 게 없었던 한편,
다른 사람들 앞에서는 대단히 신중했다. 이언과 트레키가 함께 여행을 떠났다가
이언은 집으로 돌아오고 트레키는 레너드와 합류해서 일주일 정도를 더
지내다가 오곤 했다. 이언은 레너드가 트레키에게 반지를 사주는 것을 허락하며,
트레키의 예순네 번째 생일에 두 남자는 오늘날의 화폐 가치로는 1,500파운드쯤
되는 새 코트를 함께 사준다.

1946년 채토앤드윈더스 출판사는 호가스 출판사를 합병한다. 레너드는 계속
편집 일을 맡아본다. 트레키는 두 가구의 여러 일을 비교적 수월하게, 또
유쾌하고도 신중하게 관리하고 처리했다. 두 남자는 만족했지만 분명 둘 중
누구도 트레키와 잠자리를 같이하고 있지는 않았다. 어쩌면 성적인 질투가
없었기에 서로 미워하는 일 없이 그러한 관계를 지속할 수 있었는지도 모른다.
1977년 이언 파슨스는 《진실한 마음의 결합: 레너드와 버지니아 울프의
초상》[한국어판은 《우울한 영혼: 버지니아 울프의 생애 이야기》(1990), 모음사]을 공동
집필하고 출판한다. 두 쪽 길이의 에필로그에서는 1941년에서 1969년까지
레너드의 인생이 요약되는데, 거기 트레키에 관한 말은 한마디도 나오지 않는다.
그러나 가까운 친구들 사이에서 그들의 관계는 비밀이 아니었다. 레너드와
특이한 식물을 가끔씩 교환하던 사이였던 작가 라우런스 판 데르 포스트는
레너드와 트레키를 알데버러로 초대하면서 '오랜 친구 이언'까지 초대하고
싶지만 묵을 방이 없어서 유감이라고 말했다. 레너드 주변에는 다른 여성들도
있었고, 그가 그런 여성들의 관심을 늘 밀어낸 것도 아니다. 레너드의 전기작가
빅토리아 글렌디닝은 레너드의 정원이 "꿀을 바른 덫" 같았다고 묘사한다.
"정원에 있는 레너드는 아이들, 젊은이들, 그리고 여성들의 마음을 끌었다."[8]
그의 지인들은 여성들에게 레너드가 매력적이었다고 증언한다. 그럼에도
레너드의 "길고 아름다운 가을"[9]의 중심에 남은 것은 트레키였다. 레너드가

(위) 레너드의 제본기는 몽크스 하우스 관람객에게 큰 인기를 끌었다. 아이들에게 어떻게 작은 책을 만드는지 보여주는 일은 즐거웠다. 관람객을 위해 씨앗머리와 단풍이 든 나뭇잎들을 꽂아두고 모과와 서양모과를 옆에 놓았다.

세상을 뜰 때까지 두 사람은 몽크스 하우스에서 정원 가꾸기, 반려동물, 그림 그리기, 글쓰기의 삶을 공유했으며, 이 삶은 아이퍼드 그레인지에서 트레키와 이언이 함께하는 삶과 품위 있게 맞물리고 때로는 겹쳐졌다(양측 모두와 아는 사이인 친구가 많았다). 레너드는 국내와 국외에서 정치 활동을 계속했으며, 자서전을 쓰고, 책을 비평하고, 새로운 친구들을 사귀었다. 그중 여배우 페기 애슈크로프트는 몽크스 하우스에 자주 놀러 오는 손님이 되었고, 1962년엔 레너드에게서 사과나무 묘목 두 그루를 선물로 받는다. 1967년에 레너드는 BBC 텔레비전에서 인터뷰를 한다. 인터뷰어는 맬컴 머거리지였다. 두 사람은 맷돌 테라스 아래쪽 잔디밭에서, 만발한 모란을 뒤에 두고 접의자에 앉아 이야기한다. 새소리가 들리고, 트랜지스터 라디오에서 흘러나오는 비틀스의 '엘리노어

릭비'가 희미하게 배경에 흐른다. 레너드는 버지니아가 "정원의 일부나 마찬가지였다. 그는 정원을 너무도 사랑했다"라고 말한다.

버지니아의 문학적 유산을 관리하는 일은 당연히 레너드의 시간을 많이 차지했고, 그는 죽을 때까지 매일 그 작업에 힘썼다. 레너드는 또한 여러 물품과 서비스 공급자를 괴롭히는 데도 상당한 시간을 썼다. 2001년에 내가 루이스에 있는 공구점 카운터의 노년 남성에게 우리 주소를 주자, 그는 잔디 깎는 기계 문제 때문에 레너드와 지긋지긋하게 편지를 주고받으며 괴로워해야 했던 일을 기억해냈다. 1951년, 영국정원기구는 몽크스 하우스 정원을 개방하도록 레너드를 설득했다. 이후 레너드는 매년 정원을 대중에게 개방했다. 그가 뇌졸중으로 쓰러지기 전날에도 정원을 개방했다.

레너드는 세상을 뜨던 해까지도 꽤 원기 왕성하고 건강했다. 그의 조카 세실은 여든여덟의 레너드가 버스를 잡으려고 등에 배낭을 멘 채 빅토리아 스트리트를 달려가던 모습을 기억한다. 그러다가 1969년 4월 15일 아침, 정원사 파우트는 제대로 말을 할 수 없는 상태의 레너드를 위층 거실에서 발견한다. 루이는 암 수술 후 집에서 쉬고 있었는데(레너드는 브라이턴 병원에 입원한 루이를 매일 방문했다), 힘겹게 몸을 일으켜서 몽크스 하우스로 갔고, 구급차 기사가 레너드를 병원으로 데려가지 못하게 했다. "선생님이 원치 않을 일이라는 걸 저는 알았어요."[10] 마지막 몇 달 동안 주변 사람들이 레너드를 돌본다. 트레키, 루이, 루이의 형제와 결혼했으며 트레키의 킹스턴 집에서 가사 관리인으로 일하던 애널리즈 웨스트, 페기 애슈크로프트, 버지니아 브라운-윌킨슨이 곁에 있었다. 버지니아는 레너드와 가까워진 젊은 작가로 레너드가 자서전을 쓰고 편지 정리하는 일을 도왔다. 레너드는 여전히 정원을 돌보고 글을 쓸 수 있었다. 한번은 레너드가 현기증 증상을 호소했고, 의사는 이틀 동안 쉬고 있으면 다시 방문해서 살펴보겠다고 했다. 3일 후 의사는 자기 환자가 사다리에 올라가서 과일나무 가지치기를 하는 걸 발견한다. "늦으셨네요." 레너드는 말했다.

(위) 1960년대에 선인장 온실에 있는 레너드.

(왼쪽) 레너드의 흉상 제작은 즐거운 분위기에서 이루어졌다. 버지니아 브라운-윌킨슨과 트레키 파슨스가 의뢰하여, 젊은 조각가였던 샬럿 휴어가 1968년 여름에 4주간 주말마다 작업하여 제작한다. 레너드의 흉상은 톰린이 제작한 버지니아 울프의 흉상이 놓인 돌담의 다른 한쪽에 놓인다. 정원에 관심이 많았던 샬럿은 나중에 쳅스토에서 성공적인 농원 경영자가 된다. 샬럿의 회고에 따르면 흉상 작업 당시 레너드는 과수원에 앉아 책을 읽고 있었고, 자신은 "데이지로 가득한" 잔디밭에 무릎을 대고 앉아서 작업했기에, "그래서 [흉상이] 아래를 내려다보고 있는 것"이라고 한다. 트레키는 다음과 같은 레너드의 말을 평판에 새겨서 그의 흉상 아래, 과수원에 면한 쪽 담에 붙여놓는다. "나는 두 가지 원칙을 마음속 깊이 믿는다. 바로 정의와 자비이다. 내게 이 두 원칙은 모든 문명화된 삶과 사회의 근간인 것 같다. 자비에 관용 또한 포함시킨다면 말이다."[11]

(위) 오늘날
온실에 있는
파피루스와 선인장.

1969년 8월 14일 새벽, 레너드는 세상을 떠난다. 몽크스 하우스 정원 아래쪽 잔디밭에서 열린 경매에서 그가 제이컵 베럴의 케일 화분을 샀던 날로부터 반세기가 지난 후였다. 레너드를 화장한 후 남은 이들은 모두 '시간이 멈추는 그의 아름다운 정원'으로 돌아왔다. 트레키는 레너드의 재를 테라스 경계에 서 있는 느릅나무 아래에 묻는다. 그 바로 옆, 버지니아의 재를 묻은 또 다른 느릅나무는 버지니아가 죽고 몇 년 후 강풍에 쓰러졌다.

BBC가 버지니아 울프에 관한 대단히 흥미로운 다큐멘터리인 〈밤의 어둠, 낮의 항해〉를 제작하면서 레너드에게 참여해달라고 청했지만, 그는 건강 때문에 힘들 거라고 여겼고 대신 루이를 인터뷰하는 게 어떻겠냐고 제안했다. 레너드는 언제나 루이를 좋아했고, 유언장에서 그에게 상당한 유산을 남겼다. 루이는 그 돈으로 자기 집을 살 수 있었다. 그리하여 여기 레너드에 관한 장을 루이의 말로 마치는 것이 적절할 수 있겠다. "울프 선생님이 홀로되고 저는 선생님을 돌보기 위해 몽크스 하우스에 남았지요. 선생님은 언제나 엄청나게 바빴습니다. 런던에 있는 호가스 출판사에서 일하고, 정치 회합에 나가고, 자기 책을 쓰고, 또 물론 정원을 돌봤지요. 선생님은 자신의 정원을 사랑했어요. 첫 번째 정원사였던 퍼시 바살러뮤의 도움을 받아가며 선생님은 그곳을 꽃과 과일과 채소로 가득한 너무도 아름다운 장소로 만들었습니다. 선생님은 정말 활동적이어서 늘 거의 뛰어다녔어요. 하루에 시간이 더 있었으면 하는 사람처럼 말이에요. 그리고 언제나 열심히 일했습니다. 진짜로 일을 할 줄 아는 분이었어요. 선생님은 굉장히 친절하고 사려 깊은 분이었습니다."[12]

버지니아의 침실 / 부엌 / 현관과 식당 / 현관문 / 온실 / 녹색 거실

뒤뜰 잔디 정원과 온실

1919년 몽크스 하우스 집 건물 뒷면은 지금과는 완전히 달랐다.
현관문 주변엔 벽돌로 된 작은 현관이 있었고 현관 위엔 기와를 얹은
지붕이 있었다. 집 반대편에서 찍은 사진을 보면 온실은 없었고
그 부분 전체에 잔디밭이 있었다. 현재 온실이 있는 자리에는
집앞에서부터 이어지는 회분 포장 길이 나 있었다. 잔디밭은
경사가 상당해서 안젤리카 가넷과 그의 사촌 주디스 스티븐은
그 장소가 롤리폴리 게임을 하기에 좋다는 사실을 알아냈다.

(왼쪽) 레너드는 세상을 뜨기 전해에 왜종려나무를 심었다. 왜종려나무 뒤에는 예전에
토피어리(104쪽)였던 주목이 보인다. 원래 있던 벽돌길이 보기와는 달리 미끄러워서
내셔널트러스트는 관람객의 안전을 위해 벽돌길을 계단으로 대체했다.

1919년엔 건물 뒷면 벽에 덩굴과 장미가 붙어 자라는 정도였지만, 1930년대 후반이 되면 집 뒷면이 완전히 덩굴식물로 뒤덮인다. "몽크스 하우스는 초록 동굴 같아. 식당에 빛이 안 들어와서 우리는 부엌에서 식사를 해. 우리 덩굴이 아주 낭만적으로 풍성하게 자라났거든."[1] 버지니아는 밤에 침실에 가기 위해 "창백한 꽃들이 피어난 정원을 가로질"[2]렀다고 쓴다. 나는 이 꽃들이 집 뒤편 덩굴식물의 발치에서 풍성하게 핀 대상화였다고 생각한다.

온실이 집에 추가된 것은 1950년대였으므로, 버지니아는 본 적이 없다. 나이절 니컬슨은 그 온실을 몹시 싫어해서 몽크스 하우스에 들렀다가 손사래를 치며 나가곤 했다. "흉물스럽다! 버지니아라면 질색했을 것이다. (…) 철거해야 한다." 내 생각에 버지니아가 살아 있었다면 온실을 짓지 않았을 것 같지만, 그래도 레너드의 노후에 이 "경이로운 열대지방 탐닉"[3]은 그와 트레키에게 너무도 큰 기쁨을 줬다. 녹색 거실의 창문 중 하나가 개조되어 온실의 남쪽 끝으로 이어지는 좁은 문이 된다. 샬럿 휴어가 기억하기로는, 1968년의 온실에는 흰색과 노란색의 독말풀, 글록시니아, 군자란, 남아프리카공화국 원산이며 아마릴리스와 매우 비슷한 나팔 모양의 밝은 주황색 꽃이 달리는 키르탄투스 엘라투스 꽃이 피어 있었다고 한다. 현재 온실 벽엔 부겐빌레아와 포도덩굴이 플룸바고와 엉켜 있고, 꽃누리장나무, 독말풀, 문주란이 화단을 차지한다.

(옆 페이지 위) 계단 맨 윗부분에 있는 꽃밭으로 맷돌 테라스 오른쪽에 있다. 정사각형 모양의 땅이어서, 배경이 되어주는 식물이 있는 화단 가장자리보다 식재 계획이 훨씬 어렵다.

(옆 페이지 아래) 미국수국 '아나벨리'가 응달진 곳에서 만개했다.

(위 왼쪽부터 시계 방향으로) 1) 모나르다 '케임브리지 스칼릿'. 2) 레너드라면 버지니아냉초 '패시네이션'을 좋아했을 것 같다. 키가 훌쩍 크고 살짝 불길해 보이는 이 꽃은 꽃대가 서서히 나오면서 낟알처럼 꽃이 달린다. 3) 부들레이야 다비디 '블랙 나이트'. 4) 배초향은 오랫동안 꽃이 피어 있어서 정원에 두면 좋다.

(왼쪽) 1930년대 말 몽크스 하우스 뒤편의 모습. 자세히 보면 벽감 안에 조각상이 보인다. "오늘 아침 [로드멜의 운송업자] 샌들스가 미란다 상을 가져왔다. 조각상은 이제 벽감 안에 서 있다."[4]

(오른쪽) 이탈리아 정원에서 바라본 온실 모습. 위층의 발코니는 다락방을 레너드의 서재로 만들던 중에 아이디어를 떠올려 덧붙인 것이다.

레너드의 학자스민 꽃이 피어나면 몽크스 하우스의 출입문에서부터 그 향기를 맡을 수 있다. 식재를 준비하는 시기에는 온실의 빈자리가 덩이뿌리에서 잘라낸 다알리아 줄기와 묘목으로 온통 뒤덮인다.

레너드는 과수원에 있는 커다란 온실 두 채도 계속 유지했다. 하나는 토마토를 비롯한 채소와 꽃 재배용으로 좀 더 작았고, 구부러진 지붕이 달린 다른 온실에는 상당히 많은 선인장을 수집해두었다. 레너드는 1940년대에 선인장 수집에 열정을 보이며, 영국선인장및다육식물협회에 가입한다. 이 온실들에는 난방을 했는데, 거의 20년 동안 매일 오전 6시 30분과 오후 10시 30분에 보일러에 연료를 추가하는 재미없는 일은 퍼시의 몫이었다. 여러 업자에게 보낸 레너드의 주문 목록 사본을 보면 선인장 재배용 특수 모래가 얼마큼 필요했는지를 알 수 있다. 꽃을 피운 선인장은 레너드와 트레키 사이에서 주요 뉴스감이었다. "선인장들. 오, 당신이 봤으면 정말 좋았을 텐데요. 선인장 하나엔 밝은 주황색 꽃이 열한 송이 피어서 멋진 왕관처럼 선인장을 덮었고, 그 옆에는 다홍색 꽃이 네 개 달렸습니다. 그리고 추기경의 관 선인장인지 주교의 관 선인장인지[주교관을 닮은 난봉옥선인장을 말한다] 두 개에도 꽃이 피었어요. 하나는 꼭대기에 멋진 꽃이 달렸는데 섬세한 연보라색 선이 있는 흰색이고, 다른 하나엔 아주 연한 레몬색 꽃이 피었지요."[5]

1919년엔 잔디밭 한쪽에만 화단이 있었다. 1930년에 맷돌 테라스를 구상하면서 레너드는 잔디밭 양쪽에 꽃밭을 만든다. 경사진 잔디밭 윗부분에 놓인 이 화단들 때문에 집 뒤쪽 정원을 처음 볼 때 강렬한 아름다움을 느끼게 된다. 채소밭 위로 뜬 해는 서쪽으로 움직여 오후 2시경에 이 화단 사이에서 눈부시게 빛난다. 이때 온실 옆에 나 있는 길이나 현관문 안쪽에 서서 바라보면, 화단의 꽃들이 온통 역광 조명을 받아서 거의 빛이 뿜어져 나오는 듯하다.

(옆 페이지 위 왼쪽부터
시계 방향으로) 1) 레너드와
트레키는 각기 실론과
남아프리카공화국에서
지낸 적이 있기 때문에
부겐빌레아를 본 적이
있었을 것이다. 2) 문주란.
3) 선인장과 다육식물.
4) 몽크스 하우스에서는
꽃누리장나무가 잡초처럼
자라났는데, 이 구역에서는
포도덩굴에 닿을 정도로
커졌다. 어느 해엔가 관람객
한 명이 포도를 전부 다
따가서는 와인을 만들고, 다음
해에 와인병을 들고 돌아온
적이 있다.

(오른쪽) 바닐라 향이 나는
문주란이 온실 안에서 높이
자라 있다.

6장 레너드 이후

1965년 레너드는 벌링턴 와일스라는 이름의 미국인에게서 편지를 받는다. 몽크스 하우스를 구입해서 문학의 성지와 같은 곳으로 유지하고 싶다는 내용이었다. 레너드의 답은 단호했다. "유감이지만 몽크스 하우스가 문학의 성지가 될 일은 없을 겁니다. 제 죽음 이후엔 다른 이에게 이 집을 넘길 것입니다."[1] 그 다른 이는 물론 트레키로, 레너드는 그에게 자신의 소유지 대부분을 남겼다. 트레키는 서식스대학교에 레너드와 버지니아의 모든 문서를 기부하겠다고 제안하고, 단 서식스대학교가 몽크스 하우스를 유언 검인 시의 가격인 24,000파운드에 구입해야 한다는 조건을 건다. 서식스대학교는 이 제안을 신중히 고려한다. 특히 대학 측이 몽크스 하우스와 정원을 제대로 관리할 수 있을 것인지 우려가 있었다. 그럼에도 결국 서식스대학교는 문서를 기증받고 몽크스 하우스를 구입해서 내부를 그대로 둔 채 연구자들이 그곳을 방문하고 머물도록 한다. 어떤 학자들은 몽크스 하우스에서 다른 이들보다 더 좋은 경험을 했다. 샤프링어 교수와 그의 아내 비비언은 몽크스 하우스를 매우 좋아했고 트레키와도 친해졌다. 이들이 찍은 집 내부 흑백사진 몇 점은 이 책에도 실렸다. 반면 작가 솔 벨로는 집의 원시적인 상태에 너무도 충격을 받은 나머지 하룻밤도 머무르지 못했고, 그리하여 그곳 대기에 남아 있을지 모르는 작가의 영감을 흡수할 기회도 갖지 못했다.

(위) 우리는 이 1930년대의 외바퀴 손수레를 구입해서 몽크스 하우스에 지낸 10년 동안 잘 사용했다. 몽크스 하우스를 떠날 때 내셔널트러스트가 이 손수레를 우리에게서 샀다.

(옆 페이지) '펠리시테 페르페튀' 장미는 일단 자리를 잡으면 쓸 데가 대단히 많아서 키우는 보람이 크다.

몽크스 하우스에서 좋은 시간을 보냈든 아니든, 그곳에 머문 학자들에게 정원 관리는 의무가 아니었다. 대학교에서 파견 나온 직원들은 아주 기본적인 관리만 했다. 거의 10년 동안 정원은 제대로 돌봄을 받지 못한 채 엉망이 되어간다. 과일나무는 가지치기가 되지 않고, 여러해살이식물은 시들고, 채소밭은 잡초로 뒤덮이고, 연못은 녹조로 탁해지고, 화분과 항아리엔 금이 가고, 공작새 모양 토피어리에선 꼬리 부분이 사라졌다. 왜 이렇게 되도록 내버려두었는지 이해하기 어렵다. 일단의 사람들이 우려를 표하기 시작했다. 특히 비타의 작은 아들 나이절 니컬슨은 1970년대 후반 내셔널트러스트와 서식스대학교가 서로 접촉하는 데 중요한 역할을 했다. 당시 버지니아의 편지들을 편집하던 니컬슨은 몽크스 하우스가 "울프 부부가 살던 때처럼 보존되어야" 한다고 여겼고, "내셔널트러스트는 성지와도 같은 장소를 운영하는 데 훨씬 더 많은 경험이 있습니다"[2]라고 편지를 쓴다. 레너드가 벌링턴 와일스의 편지에 얼마나 단호하게 답했는지를 생각해보면 이 '성지'라는 단어가 의미심장하게 다가온다.

(위) 부엌에서
정원으로 나가는 계단.

2년 동안 내셔널트러스트와 나이절 니컬슨은 버지니아와 레너드의 생전에 몽크스 하우스를 알았던 이들과 함께 작업한다. 트레키, 퀜틴과 앤 올리비에 벨 부부, 안젤리카 가넷, 세실 울프, 마리 울프 등이었다. 내셔널트러스트는 먼저 몽크스 하우스를 그 나름대로 '연출하는' 데 집중했다. 세입자를 들여서 집을 관리하게 해야 한다는 결정을 내렸으며, 그에 따라 위층 방들과 차고 위의 방들, 그리고 부엌의 낮은 쪽 반절은 개방하지 않기로 했다. 버지니아의 조카인 퀜틴과 안젤리카는 전등갓과 꽃병을 칠했고 목재 가림막도 칠했다. 이 가림막은 이제 집 개방 시간에 부엌 일부를 가려준다. 앤 올리비에 벨은 퀜틴 벨이 받아서 간직하고 있던 버지니아의 책상을 글쓰기 오두막에 두기 위해 기증했다. 근래 발굴된 1970년 다큐멘터리 <밤의 어둠, 낮의 항해>에는 찰스턴 하우스 안, 그 책상에 앉아 있는 퀜틴이 나온다. 몽크스 하우스에 놓을 그림들도 빌리거나 기증받았다. 트레키도 그림 몇 점을 기증한다. 내셔널트러스트는 버네사 벨이 1912년에 그린 버지니아의 초상화를 구입한다. 예전 직물을 본떠 만들었고, 집 주변에서 찾아낸 부스러기로부터 페인트 색을 다시 만들어냈으며, 현재 복도에 걸린 태피스트리 거울 프레임처럼 전시하기에는 손상 위험이 있는 물건은 공들여 복제품을 만들었다. 천을 수선했고, 그림을 닦고 복원했다. 오늘날 전시 중인 물건 중 다수가 레너드가 세상을 뜰 때 집에 있던 것들이며, 그와 버지니아가 만지고 사용했던 것들이다. 아마 예전과 달라진 부분이라면, 몽크스 하우스로 울프 부부를 찾아왔던 거의 모든 이가 기억하는, 마구잡이로 쌓여 있는 책과 종이 그리고 계단 위에 놓인 여러 개의 동물 밥그릇이 지금은 없다는 점일 것이다. 오늘날 버지니아의 글쓰기 오두막은 마치 수녀가 쓰는 방처럼 단정하게 정돈되어 있지만, 사실 그는 물건이 마구잡이로 쌓여 있는 더러운 곳에서 종이와 "쓰레기 더미 같은 것들"[3]에 둘러싸인 채로, 푹 꺼진 낮은 의자에 앉아 작업했다. 그 뒤죽박죽의 현장을 과장되게 연출한 모습을 보고 싶은 건 아니지만, 나는 언제나 몽크스 하우스에 책과 종이를 더 많이 두길 바랐다. 바로 이 집, "햇살이 내리쬐고 꽃이 가득하며 엉망진창인 작업실에서 글쓰기가 이루어졌다"[4]는 사실을 전하고 싶었기 때문이다. 지금의 몽크스 하우스는 어쩌면 좀 지나치게 잘 정돈되어 있는 데다가 울프 부부의 물건이 실제보다 더 예술적으로 배치되어 있는지도 모르겠다. 그러나 이런 것들은 결국엔 하나도 중요하지 않다. 중요한 건 관람객들이 여전히 자신의 몸으로 집을 경험한다는 점이다. 사람들은 울프 부부가 밟았던 바로 그 벽돌 계단을 밟고, 낮은 문간에 머리를 찧고, 거실에서 눅눅한 냄새를 맡고, 창 너머로 펼쳐지는 정원 풍경을 바라본다. 이런 경험은 거의 한 세기 가까운 시간 동안 변치 않았고, 그리하여 버지니아와 레너드에게 연결된다는 강렬한 느낌을 만들어낸다.

복원팀에게 정원은 집보다 훨씬 더 난제였다. 1980년대에 나도 그 팀과 함께할 수 있었더라면 정말 좋았을 것이라는 생각을 한다. 정원에 어떤 식물이 남아 있었는지 기록할 수 있었을 것이기 때문이다. 방치되어 잡초가 무성한 곳이었지만 그래도 그때의 정원은 레너드가 남기고 간 모습에 가장 가까웠다. 하지만 레너드가 세상을 떠나고 수년이 지나면서 그가 남기고 간 정원도 점점 사라졌고, 복원하던 이들의 입장에서 할 수 있는 최선은 정원을 개방하기에 괜찮을 정도로만 정돈하고 세월이 흘렀으니 연출된 모습을 제시하는 것 정도라고 느낀 게 아닌가 싶다. 또한 내셔널트러스트는 관람객들이 버지니아의 집을 보러 오지 레너드의 정원을 보러 오지는 않을 것이라고 생각했는지도 모른다.

그때부터 정원 유지는 새로 들어오는 세입자의 책임이 되었으며, 세입자는 내셔널트러스트 정원자문위원에게 조언을 받으면서 정원을 관리하는 것으로 결정된다. 테라스 가장자리의 기다란 화단과 과수원 바로 안쪽을 두르던 화단을 엎고 잔디를 까는 등의 노동력 절감 조치는 이렇게 세입자가 정원을 돌보기 때문에 취해진 것으로 보인다. 서식스대학교가 몽크스 하우스를 취득했을 당시엔 레너드가 선인장을 수집해놓은, 구부러진 지붕을 인 온실은 없어지고, 작은 토마토 온실은 애널리즈 웨스트 소유가 되어 있었다. 아마도 트레키가 선인장을 누군가에게 넘기고 선인장을 받은 사람이 온실을 없앤 것으로 보인다. 로드멜 마을 주민인 에이드리언 오처드와 이언 제프리가 채소밭을 되살리고 복원하는 일을 맡았다. 두 사람은 그 작업을 위해 정원의 커다란 온실을 이용했는데, 그러다가 온실의 안전성이 의심되어 대학 측은 온실을 철거한다. 내셔널트러스트는 옛날의 정원 식재를 충실히 따라 하는 방향으로는 가지 않기로 한다. 언젠가 트러스트가 트레키에게 조언을 구한 것으로 보인다. 트레키와의 회의록을 보면 집의 앞벽에 등수국이 있었다는 언급 외에는 특별히 주목할 만한 내용이 없다. 2년 동안 트러스트의 정원사들은 1982년에 정원을 개방할 수 있도록 준비한다. 세입자 여럿이 오고 갔다. 처음 몇 명은 정원에 뭔가 흔적을 남길 만큼 오래 머무르지 않았다. 1984년에 앨런 파크스와 마티나 파크스라는 젊은 커플이 온다. 글라인드본 페스티벌에서 일하는 오페라가수였던 둘은 몽크스 하우스에서 상당 기간을 보낸 첫 세입자가 된다. 둘은 정원에서 결혼식을 올렸으며 두 아들도 여기서 태어난다. 파크스 부부는 서식스대학교에 있는 레너드의 문서들을 보면서 정원 연구를 시작했고, 트러스트의 도움을 받으며 대단히 열심히 일했다. 1993년 이 가족이 몽크스 하우스를 떠날 때 정원은 다시 멋진 모습이 되어 있었다.

그 후로 몇 년간 정원은 그 정도로 유지되다가, 꾸준히 머문 세입자가 없던 약 3년 동안 다소 관리가 안 된다. 우리가 도착했을 때에는 여러해살이식물 몇몇, 특히 풀협죽도가 마구 자라서 화단 밖으로 뻗어 나와 있었다. 우리는 오래된 라벤더와 과일나무를 뽑고 관목과 초본식물을 다양하게 심었으며 장미를 아주

(아래) 온실에 둔 한해살이 묘목들.
우리는 매년 코스모스,
멕시코해바라기, 백일홍을 키웠다.

많이 심었다. "돈을 땅에 물처럼 뿌리고 있다"[5]던 버지니아의 말이 귓가에 울리는 듯했다. 대중에게 개방하는 정원을 가꾸고 관리하는 일을 세입자에게 맡겨두는 것은 내셔널트러스트에게는 현실을 고려한 절충안이자 도박이기도 하다. 트러스트는 정원을 단정하고 사람들에게 내보일 만한 상태로 유지하기를 원했고, 식재에 관해 일일이 지시 내릴 수는 없다는 사실도 인지하고 있었다. 식물 구입과 정원 유지에 드는 비용은 결국 세입자의 몫이었기 때문이다. 우리는 내셔널트러스트의 정원자문위원에게서 조언을 받았는데, 초기 4년 동안은 매년 한 번씩 자문위원의 방문이 있었고 이후론 오지 않았다. 우리에겐 정원에 관해 연구하고 조사할 의무가 없었다. 계약서엔 몇몇 지침이 있다. 정원의 배치를 바꿀 수 없으며 나무를 없애면 안 된다는 것이었다. 화단에 관해서는 '블룸즈버리 분위기'로 가꿔보라는 조언이 있었다.

(위) 핑커의 모습을 담은 버네사 벨의 그림을 내셔널트러스트가 대여하여 몽크스 하우스에 뒀다. 우리가 세입자로 지내던 때의 마지막 3년 동안 이 그림이 있었다.

임대차계약에 따라 우리는 관람객에게 개방하는 방들에 생화를 꽂아두어야 했다. 몽크스 하우스 보존 관리 보조로 일한 매기 타이허스트와 함께 그 임무를 수행하며 즐거웠다. 우리가 떠날 시점에 매기는 보존 관리 일을 한 지 20년이 넘어 있었다. 매기는 몽크스 하우스에 무언가 설명할 수 없는 미묘한 색을 더했고, 그의 꽃꽂이에 찬사를 보내는 관람객 의견 카드가 자주 있었다.

레너드 생전의 정원을 기억하는 사람들이 있다. 몇몇 사람은 정원이 원래 모습을 찾아볼 수 없을 정도로 변했다고 말하며, 다른 몇몇은 정원이 겪어온 역사와 흐른 시간을 생각해볼 때 여전히 같은 분위기가 상당히 유지되고 있다고 말한다. 2001년 에바 바커라는 이름의 독일 학생이 몽크스 하우스 정원을 주제로 학위논문을 쓴다.[6] 논문에는 1926년부터 1941년까지의 정원 모습만을 반영하여 복원하는 방법에 관한 제안이 담겨 있었다. 나는 이런 접근이 무시무시하다고 생각한다. 흐르는 시간 속의 어느 한 지점에 정원을 고정해두는 일은 정원의 죽음과 같다고 보기 때문이다. 레너드는 버지니아가 세상을 뜬 이후로도 몽크스 하우스에서 28년을 더 살았고, 그의 원예 기술과 지식은 매년 늘어갔다. 트레키가 정원에 미친 영향도 무시할 수 없고 무시해서도 안 된다. 관람객들이 정원에서 가장 좋아하는 점은 이곳이 '독특한 정취로 가득하며' '어느 시점에 멈춰 있는 게 아니라 살아 있다'는 것이다. 정원 복원에서 좀 더 나은 접근은 한때 정원에 솟아올라 있던 나무들을 복원하는 일일 수도 있겠다. 테라스에 일렬로 서 있던 세 그루의 양버들이라든지(지금은 두 그루만 있다), 담이 있는 정원의 벚나무들, 뒤뜰에 있던 에우크리피아 니만센시스, 그리고 테라스 가장자리를 따라 서 있던 주목들을 다시 심으면 좋을 것이다. 나는 이탈리아 정원의 주목이 조금씩 깎아나가면서 다시 토피어리가 되는 모습을 보고 싶다. 또 레너드의 과수원 관리 방식을 보자면, 그는 잔디를 짧게 깎아두고 돌담에 덩굴식물이 자라지 않도록 하면서 과수원을 늘 깔끔하게 유지했다.

초본식물 식재에 관해서라면, 레너드가 신종의 흥미로운 식물들을 좋아했다는 증거가 많다. 똑같은 식물을 두 번 사는 일은 드물었다. 특정 색깔을 테마로 해서 화단에 식재하는 일은 없었고, 세 개씩, 다섯 개씩, 일곱 개씩 심지도 않았다. 레너드는 한 가지 식물을 사서 한해살이식물들, 특히 백일홍과 함께 화단을 채웠다. 커다란 흰 백합, 네리네, 문주란을 키웠다. 그는 잔디밭이 깔끔하고 경계 부분이 깨끗하게 정리해두는 걸 좋아했지만 잡초가 좀 자라도 그렇게 안달하지는 않았다. 분명 화사한 색의 꽃을 좋아했지만 하얀 꽃도 사랑했다. 쑥부지깽이, 물망초, 그리고 흔치 않은 구근식물로 봄철 정원을 가득 채웠다. 장미를 사랑했지만 플로리분다 장미는 정말 싫어했다. 나는 레너드의 정원 가꾸기가 편안하고 친밀한 분위기의 코티지 가든 방식이었다고 생각하지만, 그러면서도 그와는 결이 다른 세련된 식물과 이국적인 식물도 있었다. 레너드는 과수원과 채소를 사랑했고, 그의 온실에는 선인장과 열대지방 식물이 가득했다. 레너드가 좋아했던 것과 싫어했던 것들, 그리고 버지니아의 일기와 편지에 끝없이 등장하는 식물의 이름, 이것이 몽크스 하우스의 정원을 만들어가는 데 기본틀로 삼을 전부이다. 나머지는 특정 시기에 정원에 식물을 심고 가꾸는 사람에게 달려 있다. 10년의 행복한 시간 동안 그 사람은 바로 우리였다.

가림막 뒤의 생각

몽크스 하우스가 관람객들에게 개방되는 시간에는 부엌의 낮은 쪽 부분을
가림막으로 가린다. 우리는 개방 시간인 오후 2시까지 정원에서 일을 하고
돌아와서 점심을 먹었는데, 가림막 뒤에서 식사를 하다보면 집을 돌아보는
사람들이 하는 말이 들리곤 했다.

관람객들이 정원에서 부엌으로 들어와 버지니아의 침실로 향하면서 하던 말 중
여러 번 튀어나온 불편한 선입견들이 있다. 가장 거북했던 건, '한집에서 같이 자는
것도 못 참았던 걸 보니 레너드와 버지니아의 결혼 생활이 분명 냉랭했을 것'이라는
짐작이었다. 더 심하게는 '레즈비언 연애를 하느라 따로 자야 했었나보네'라는 말도
있었다. 가림막 뒤에서 나는 이를 갈았고, 머리를 쑥 내밀어서 그 말을 고쳐주고
싶었다. 이제 기회가 온 것 같다.

버지니아의 편지와 일기에서 나는 대단히 성공적인 결혼 생활을 본다. 침실에서
훨씬 성공적으로 결혼 생활을 시작한 부부라도 그런 정도의 친밀함을 누리기는
어려울 수 있다. 29년 동안의 결혼 생활에서 레너드와 버지니아는 떨어져 있은
적이 거의 없다. 혹시라도 떨어져 있을 때 둘의 편지엔 장난기와 애정이 넘친다.
편지에서 둘은 서로를 애태우며 시시덕거린다. 상대를 동물 이름으로 부르고,
다시 만나면 '코를 비비고' '물어뜯고' 싶다는 말을 한다. 둘에게 서로는 아름다운
사람이었다. 버지니아는 언젠가 친구에게 이런 질문을 던진다. "한 사람의
일생에서 가장 행복한 순간이 언제라고 생각해?" 그러고는 혼자 대답하길, "나는
이런 순간이라고 생각해. 자기 집 정원을 걸으며 시든 꽃 몇 송이를 꺾다가 문득
생각하는 거야. 나의 남편이 저 집에 산다. 그리고 그는 나를 사랑한다."[1] 비타의
롱반 자택을 다녀와서 버지니아는 쓴다. "집에 돌아오니 정말 좋다. (…) 전혀
따분하지 않았어. 내 결혼은 말이지. 전혀."[2] 버지니아 사후 그의 일기를 읽기
전까지는 버지니아와 비타의 관계가 얼마나 깊었는지 레너드가 전부 알지는
못했을 수도 있다고 빅토리아 글렌디닝은 말한다. 내 생각으론, 버지니아가 다른
누구와도 성적인 관계를 성공적으로 갖기 어려울 것임을(비타가 그런 관계를 가져볼
최선의 기회이긴 했다) 레너드는 누구보다 잘 알았고, 따라서 비타와의 관계가 결혼
생활에 전혀 위협이 되지 않았을 것 같기도 하다. 버지니아 자신도 일기에 이렇게
적는다. "그리하여 우리는 계속한다. 생기 넘치며 훌륭한 관계, (영적으로) 순수하고
내 생각엔 좋은 점만 있는 관계를. 레너드에게는 약간 싫은 일이지만 그를 걱정시킬
정도는 아닌 관계. 한 사람에겐 여러 관계를 위한 공간이 있다. 그게 진실이다."[3]
그럼에도 분명 레너드는 버지니아에게 존재의 중심이었다. 버지니아는 그의 판단을
완전히 신뢰했다. 파티라든지 너무 큰 자극이 될 만한 일들을 레너드의 뜻대로
삼가야 해서 실망하고 때로 격분했을 때조차 그랬다. 레너드가 아플 때 버지니아는

여느 때와 반대로 자신이 그를 돌본다는 걸 즐거워했다. 페미니스트로서 신념을
지녔지만 결혼 관계 안에 있다는 것을 좋아했고, 가정생활도 즐겼다. 병 때문에 아이를
갖지 않은 일에 관해 남긴 일기들은 가슴 아프다. 1937년 10월 버지니아는 파리에
머물던 버네사를 방문하려고 한다. 그 얼마 전 아들 줄리언이 죽은 후 침묵 속에 있던
버네사가 걱정되었기 때문이다. 레너드는 버지니아가 가지 않길 바란다. 버지니아는
일기에 쓴다. "나는 행복에 휩싸였다. (…) 그러고 나서 우리는 다정히 공원 주위를
걸었다. [결혼한 지] 25년이 지난 우리는 떨어지는 걸 견딜 수 없어한다. (…) 그가 나를
원한다는 게, 아내라는 게 얼마나 큰 기쁨인지. 우리의 결혼은 너무도 완전하다."4
서로의 뛰어난 지성에 대한 존경이 두 사람의 행복에 크게 기여했다. 또한 호가스
출판사에서의 공동 작업, 정치적 공감, 그리고 무엇보다 버지니아가 아플 때 레너드의
헌신적인 돌봄도 그들이 누린 행복과 관련이 있을 것이다. 그리하여 버지니아는
레너드에게 남긴 마지막 편지에 쓴다. "우리만큼 행복했던 두 사람은 없을 거예요."5
그들이 그토록 사랑했던 집에서 살았기에, 나는 사람들이 이를 제대로 알았으면 한다.
몽크스 하우스에 처음 입주했을 때 우리는 버지니아에 관해 거의 아는 게 없었다.
처음에는 몇몇 관람객이 내보이는 강렬한 감정이 당황스러웠다. 몽크스 하우스
개방일이 아니었던 어느 날 집으로 돌아오다가 한 여성이 출입문에서 울고 있는
걸 봤다. 그 여성은 버지니아의 손길이 한때 그 문에 닿았으며 버지니아가 바로 그
문을 통해 집에서 나와 우즈강으로 향했을 것이라는 생각에 압도되어 있었다. 사실
버지니아가 강으로 향한 문은 정원 맨 위쪽에 있는 다른 문이며 사용되지 않은
지 오래라는 말을 나는 차마 할 수가 없었다. 그 대신 나는 그를 좀 달래고 차를
한잔하자고 권했다. 개방일이 아니었던 또 다른 어느 날, 일을 하다가 눈을 들어보니
두 여성이 서로 팔짱을 낀 채 꽃길을 걸어가고 있었다. 창문을 열고 오늘은 문을
닫았다고 막 외칠 참이었는데, 가만 보니 이제 두 사람은 자신들이 버지니아의
정원에 있다는 생각에 벅차서 서로 끌어안고 울고 있었다. 나는 언제나 순례 목적으로
방문한 관람객을 집어낼 수 있었다. 이들은 여러 방에 더 오래 머무르고, 휴대폰
화면보다 자기 눈으로 집을 바라본다. 이들이 주변 공기를 몸으로 느끼면서 벤치에
가만히 앉아 있는 모습도 문 닫는 시간이면 자주 볼 수 있었다. 몽크스 하우스가
결국 문학의 성지가 되었으며 우리가 그 집의 임시 관리자임을 이해하게 되면서,
우리는 이 순례자들과 집을 공유하는 게 즐거워졌다. 나 자신도 버지니아의 매력에
사로잡혔고, 그러면서 점점 무슨 대답을 해야 할지 당혹스럽게 만드는 질문을 던지는
관람객보다는 우는 여성들을 좋아하게 됐다. 그런 질문으로는 다음과 같은 것들이
있었다. "그래서 왜 사람들이 그 여자를 그렇게 두려워한 거죠?" "쟤네가 버지니아
울프의 고양이인가요?"
몽크스 하우스를 떠난 지 2년이 됐지만, 이 책을 쓰면서 내가 마음속으로 여전히
정원의 구석구석에 가닿을 수 있다는 사실을 알았다. 떠난 게 바로 어제였던 양 나는

(위) 우리 고양이들인 핸들바즈와
보이. 아기 고양이일 때 몽크스
하우스로 데려온 핸들바즈와
보이는 쥐와 토끼를 쫓아냈다.
관람객 의견 카드에는 고양이를
칭찬하는 말이 자주 나왔다.

정원 곳곳의 화단으로 가는 길을 한 걸음 한 걸음 짚어갈 수 있다. 버지니아의 일기와 편지를 다시 읽으면서, 거의 한 세기가 지났지만 변한 게 거의 없다는 사실을 깨닫는다. 버지니아가 글쓰기를 멈추고 저녁식사에 곁들일 "잎과 함께 가득 열린 딸기"⁶를 따러 가겠다고 선언할 때 나는 그와 함께 정원을 걷는다. 버지니아가 글쓰기 오두막에 달린 문을 닫으면 문틀에 문이 약간 빡빡하게 끼인다는 사실을 나는 안다. 그는 벽돌이 깔린 테라스로 걸어 나와 풀밭으로 내려간다. 글쓰기 오두막 밖에 있는 밤나무 아래 풀은 언제나 좀 더 사각사각하다. 채소밭의 공기는 부드럽고 톡 쏘는 향이 난다. 버지니아는 강가 목초지 위로 펼쳐진 경치를 감상하려 멈춰 선다. 새소리와 음매 하는 소떼 소리만이 정적을 깨뜨린다. 그는 집으로 걸어간다. 울퉁불퉁한 과수원 풀밭과, 고르지 못한 벽돌길과, 옷에 스치는 화단 가장자리의 나뭇잎들을 지난다. 부엌문으로 들어가기 위해 그는 몸을 굽히고, 들어가서는 집안의 달라진 빛에 적응한다. 이 모두가 하나도 바뀌지 않았다. 버지니아와 레너드 자신이 그 집과 정원의 '고요한 분위기'와 하나 되어 남았다. 화단 식재가 변하고 나무가 바람에 쓰러지거나 더 자랐다고 그 분위기가 사라지지는 않는다. 1919년 버지니아와 레너드를 그곳으로 끌어당겼던 정원의 영혼이 여전히 거기 존재한다고, 나는 믿는다.

평면도를 통해 본 정원의 변화

1919년의 정원 평면도

1. 길거리
2. 예전에 하수조가 있던 자리
3. 이 자리에 집 확장 공사가 이루어진 1929년 전까지, 여기엔 채소 화단과 과일나무들이 있었다. 북쪽 벽에 나 있던 창문은 증축 건물이 지어질 때 벽돌로 막혔다.
4. 이 부분 땅은 1919년의 양도증서에는 포함되어 있지 않다. 1920년에 레너드가 이 땅을 구입하여 이후에 이탈리아 정원으로 만든다. 옛날엔 작은 목사관이 이 땅에 있었고, 목사관은 1856년에 철거된다. 여기 있는 주목은 아마 목사관 정원의 일부였던 것 같다. 나무를 심기에는 그리 좋지 않은 장소이기 때문이다.
5. 주목
6. 교회 골목
7. 월계수 사이 빈터의 노천 변소
8. 옛날 이 자리에 있던 세탁장은 굴뚝이 따로 있었을 정도로 규모가 컸는데, 1921년에 이 굴뚝이 바람에 쓰러지면서 지붕이 뜯어진다.
9. 1919년엔 집 건물에 붙어 있는 온실이 없었고, 집 주변을 따라 나 있는 회분 포장길이 정원으로 이어졌다.
10. 예전 곡물창고 건물의 일부가 남아 있던 자리. 아마도 옛날엔 곡물창고가 과수원까지 이어져 있었고 나무 문을 통해 과수원에 출입했던 것 같다.
11. 아주 오래된 무화과나무
12. 공구창고. 나중에 버지니아와 레너드가 글쓰기 오두막으로 바꾼다.
13. 이 자리에 전부터 있던 창고를 원예도구를 두는 창고로 쓰기 시작한다.
14. 정원에 딸린 조그만 건물
15. 로드멜 세인트 피터스 교회 묘지 대문. 제이컵 베럴은 이 대문 바로 위, 오른편 첫 번째 무덤에 묻혔다.
16. 로드멜 세인트 피터스 교회 묘지
17. 1882년에 캐럴라인 베럴이 심은 월계수 산울타리. 1920년에 레너드가 없앤다.
18. 파운드 크로프트 들판의 낮은 쪽. 가파른 비탈을 지나서 이어지는 들판의 높은 쪽은 4.5미터 더 높다.
19. '레너드'와 '버지니아'로 이름 붙인 느릅나무 두 그루
20. 파운드 크로프트 들판. 마을의 녹지 역할을 한 이 들판에서 사람들은 크리켓과 스툴볼을 했다.

1932년의 정원 평면도

1. 1929년에 증축된 부분
2. 1932년에는 이탈리아 정원 구역이 아직 잔디밭이었다.
3. 맷돌 테라스
4. 이 구역에서도 채소를 재배했다.
5. 정원에서 벤 풀을 모아두는 구덩이
6. 채소밭
7. 과수 보호망
8. 정원 맨 위쪽 출입문. 아마 버지니아는 이 문으로 나가서 우즈강을 향해 마지막 발걸음을 옮겼을 것이다.
9. 주목 다섯 그루가 테라스 가장자리에 나란히 있었다. 1930년 이후에 심은 것이 분명하다. 143쪽에 있는 볼링 시합 사진에서 그중 두 그루가 보인다.
10. 채소밭을 보호하기 위해 산사나무 산울타리를 조성했다. 지금은 짧은 가지만 남아 있다.
11. 잔디볼링장
12. 이슬연못
13. 테라스
14. 이 평면도에 화단은 표시되어 있지 않지만, 1930년이 지나고 레너드는 이 부분의 돌담 북쪽 면을 따라 길게 화단을 조성했다. 110쪽 사진에서 화단을 볼 수 있다.
15. 파운드 크로프트 들판의 낮은 쪽으로 이어지는 출입문. 거름을 배달하는 수레가 이 문으로 들어왔다.

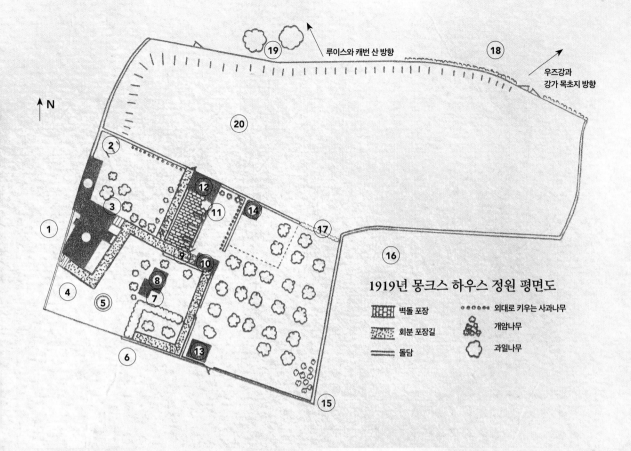

루이스와 캐번 산 방향

우즈강과
강가 목초지 방향

N

1919년 몽크스 하우스 정원 평면도

벽돌 포장		외대로 키우는 사과나무	
회분 포장길		개암나무	
돌담		과일나무	

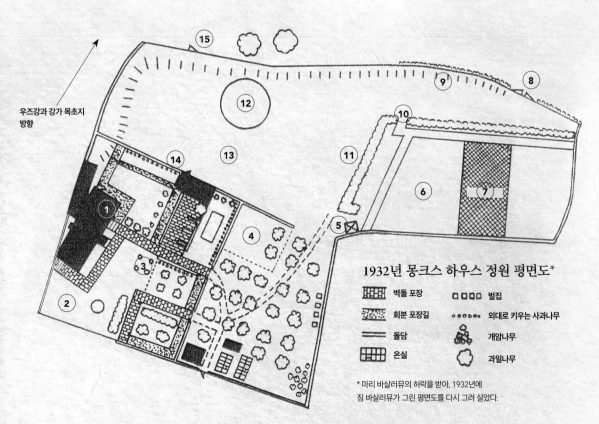

우즈강과 강가 목초지
방향

1932년 몽크스 하우스 정원 평면도*

벽돌 포장		벌집	
회분 포장길		외대로 키우는 사과나무	
돌담		개암나무	
온실		과일나무	

* 마리 바살러뮤의 허락을 받아, 1932년에
짐 바살러뮤가 그린 평면도를 다시 그려 실었다.

주 (인용문 출처)

머리말 (8-13쪽)

1 Leonard Woolf (1975), *Downhill all the way: An autobiography of the years, 1919–1939*, The Hogarth Press, p.14.
2 버지니아 울프의 단편소설 <유령의 집> 중에서.
3 Leonard Woolf (1975), *Downhill all the way: An autobiography of the years, 1919–1939*, The Hogarth Press, pp.15-16.
4 Leonard Woolf, 위의 책, p.16.

1장 몽크스 하우스를 발견하다 (16-21쪽)

1 1919년 8월 버지니아 울프가 바이올렛 디킨슨에게 쓴 편지.
2 서식스대학교 소장 몽크스 하우스 문서.
3 1910년 크리스마스에 버지니아 울프가 버네사 벨에게 쓴 편지.
4 1919년 7월 3일 버지니아 울프의 일기.
5 위의 글.
6 위의 글.
7 Leonard Woolf (1972), *Beginning Again: An autobiography of the years, 1911-1918*, The Hogarth Press, p.62.
8 1919년 7월 3일 버지니아 울프의 일기.
9 1919년 7월 23일 버지니아 울프가 재닛 케이스에게 쓴 편지.

2장 입주 (22-33쪽)

1 Victoria Glendinning (2006), *Leonard Woolf: A Biography*, Free Press, p.205.
2 1919년 7월 3일 버지니아 울프의 일기.
3 1920년 10월 1일 버지니아 울프의 일기.
4 1920년 1월 7일 버지니아 울프의 일기.
5 1924년 12월 31일 버지니아 울프가 버네사 벨에게 쓴 편지.
6 1919년 9월 12일 버지니아 울프가 색슨 시드니-터너에게 쓴 편지.
7 1920년 8월 2일 버지니아 울프의 일기.
8 1920년 1월 4일 버지니아 울프가 바이올렛 디킨슨에게 쓴 편지.
9 1920년 2월 21일 버지니아 울프가 리턴 스트레이치에게 쓴 편지.
10 1920년 9월 15일 버지니아 울프가 T. S. 엘리엇에게 쓴 편지.
11 1914년 2월 버지니아 울프가 바이올렛 디킨슨에게 쓴 편지.
12 1918년 9월 8일 레너드 울프가 마거릿 레웰린 데이비스에게 쓴 편지.
13 1919년 7월 3일 버지니아 울프의 일기.
14 1919년 9월 14일 버지니아 울프가 리턴 스트레이치에게 쓴 편지.
15 1920년 2월 21일 버지니아 울프가 리턴 스트레이치에게 쓴 편지.
16 1920년 5월 31일 버지니아 울프의 일기.
17 1921년 8월 8일 버지니아 울프의 일기.
18 1921년 8월 29일 버지니아 울프가 리턴 스트레이치에게 쓴 편지.
19 1922년 5월 18일 버지니아 울프가 바이올렛 디킨슨에게 쓴 편지.
20 1921년 6월 버지니아 울프가 버네사 벨에게 쓴 편지.
21 1925년 9월 22일 버지니아 울프의 일기.
22 1926년 6월 2일 버지니아 울프가 버네사 벨에게 쓴 편지.
23 1926년 6월 13일 버지니아 울프가 버네사 벨에게 쓴 편지.
24 Joan Russell Noble ed. (1972), *Recollections of Virginia Woolf*, William Morrow, p.155.
25 1926년 6월 9일 버지니아 울프의 일기.
26 1926년 8월 8일 버지니아 울프가 비타 색빌-웨스트에게 쓴 편지.
27 서식스대학교 소장 몽크스 하우스 문서(Monk's House papers), 미출판 자료, 1926년 8월 10일.
28 1928년 9월 22일 버지니아 울프의 일기.
29 1926년 9월 15일 버지니아 울프의 일기.
30 버지니아 울프, 《파도》 중.

과수원 (34-43쪽)

1 1920년 8월 1일 버지니아 울프가 로저 프라이에게 쓴 편지.
2 1928년 7월 25일 버지니아 울프가 비타 색빌-웨스트에게 쓴 편지.
3 1922년 4월 16일 버지니아 울프가 버네사 벨에게 쓴 편지.
4 1924년 8월 14일 레너드 울프가 에드먼드 블런던에게 쓴 편지.
5 1940년 10월 12일 버지니아 울프가 에설 스마이스에게 쓴 편지.
6 1927년 1월 5일 버지니아 울프가 버네사 벨에게 쓴 편지.

7 1936년 12월 30일 레너드 울프가 마거릿 레웰린 데이비스에게 쓴 편지.

8 1928년 12월 22일 버지니아 울프가 앵거스 데이비슨에게 쓴 편지.

9 1927년 8월 1일 버지니아 울프가 낸 허드슨에게 쓴 편지.

10 버지니아 울프, 《파도》 중.

11 1932년 9월 12일 버지니아 울프가 휴 월폴에게 쓴 편지.

12 Leonard Woolf (1975), *Downhill all the way: An autobiography of the years, 1919–1939*, The Hogarth Press, p.254.

13 Leonard Woolf (1973), *The Journey Not the Arrival Matters: An autobiography of the years, 1939–1969*, The Hogarth Press, p.187.

14 1923년 1월 2일 버지니아 울프의 일기.

15 1932년 6월 13일 버지니아 울프의 일기.

16 1920년 10월 1일 버지니아 울프의 일기.

17 Leonard Woolf (1975), *Downhill all the way: An autobiography of the years, 1919–1939*, The Hogarth Press, pp.15-16.

무화과나무 정원(44-51쪽)

1 Leonard Woolf (1975), *Downhill all the way: An autobiography of the years, 1919–1939*, The Hogarth Press, p.16.

2 1928년 8월 20일 버지니아 울프가 비타 색빌-웨스트에게 쓴 편지.

3 1921년 6월 버지니아 울프가 버네사 벨에게 쓴 편지.

4 1921년 9월 15일 버지니아 울프의 일기.

5 1929년 12월 8일 버지니아 울프의 일기.

6 1922년 9월 23일 버지니아 울프가 재닛 케이스에게 쓴 편지.

3장 새로 만든 정원 공간(52-53쪽)

1 1927년 12월 20일 버지니아 울프의 일기.

2 위의 글.

3 Leonard Woolf (1975), *Downhill all the way: An autobiography of the years, 1919–1939*, The Hogarth Press, p.112.

4 Leonard Woolf, 위의 책, p.145.

5 1928년 8월 12일 버지니아 울프가 색슨 시드니-터너에게 쓴 편지.

벽돌길(54-57쪽)

1 Ottoline Violet Anne Morrell (1974), *Ottoline at Garsington: Memoirs of Lady Ottoline Morrell, 1915-1918*, Faber, p.191.

2 David Wheeler ed. (2008), *Hortus Revisited: A Twenty-first birthday anthology*, Frances Lincoln, p.146. 캐서린 맨스필드가 가싱턴 정원을 두고 한 말.

맷돌 테라스(58-63쪽)

1 1926년 9월 5일 버지니아 울프의 일기.

2 서식스대학교 소장 몽크스 하우스 문서.

3 1928년 9월 4일 버지니아 울프가 에설 샌즈에게 쓴 편지.

4 1936년 7월 22일 버지니아 울프가 버네사 벨에게 쓴 편지.

5 1919년 7월 3일 버지니아 울프의 일기.

물고기연못 정원(64-71쪽)

1 1937년 10월 22일 버지니아 울프가 바이올렛 디킨슨에게 쓴 편지.

2 1933년 9월 23일 버지니아 울프의 일기.

3 1934년 4월 7일 E. M. 포스터가 크리스토퍼 이셔우드에게 쓴 편지.

4 1929년 8월 5일 버지니아 울프의 일기.

5 1929년 8월 25일 버지니아 울프가 휴 월폴에게 쓴 편지.

6 1924년 12월 21일 버지니아 울프의 일기.

7 1931년 8월 7일 버지니아 울프의 일기.

8 BBC 다큐멘터리 〈밤의 어둠, 낮의 항해(A Night's Darkness, A Day's Sail)〉(1970) 중 덩컨 그랜트의 회상.

9 Leonard Woolf and Trekkie Parsons Ritchie (2001), *Love Letters: Leonard Woolf and Trekkie Ritchie Parsons, 1941-1969*, ed. Judith Adamson, Chatto & Windus.

버지니아의 침실 정원(72-87쪽)

1 1929년 2월 4일 버지니아 울프가 비타 색빌-웨스트에게 쓴 편지.

2 1929년 2월 10일 버지니아 울프가 리턴 스트레이치의 누나이자 소설가인 도로시 부시에게 쓴 편지.

3 1929년 4월 29일 버지니아 울프의 일기.

4 1929년 3월 28일 버지니아 울프의 일기.

5 1938년 1월 9일 버지니아 울프가 오털라인 모렐에게 쓴 편지.

6 1929년 11월 25일 버지니아 울프의 일기.

7 1929년 4월 7일 버지니아 울프가 버네사 벨에게 쓴 편지.

8 1929년 4월 24일 버지니아 울프가 버네사 벨에게 쓴 편지.

9 1936년 1월 19일에 쓴 편지.

10 1930년 9월 8일 버지니아 울프의 일기.

11 1930년 9월 14일 버지니아 울프가 마거릿 레웰린 데이비스에게 쓴 편지.

12 1930년 9월 버지니아 울프가 에설 스마이스에게 쓴 편지.

13 1930년 9월 16일 또는 17일 버지니아 울프가 에설 스마이스에게 쓴 편지.

14 Joan Russell Noble ed. (1972), *Recollections of Virginia Woolf*, William Morrow, p.159.

15 1941년 1월 12일 버지니아 울프가 에설 스마이스에게 쓴 편지.

16 1930년 6월 22일 버지니아 울프가 에설 스마이스에게 쓴 편지.

17 Virginia Woolf (1985), *Moments of Being*, Jeanne Schulkind ed., Harcourt Brace Jovanovich, p.67.

18 버지니아 울프, 《파도》 중.

19 1930년 2월 21일 버지니아 울프의 일기.

20 1929년 10월 2일 버지니아 울프의 일기.

21 1930년 9월 8일 버지니아 울프의 일기.

22 1931년 9월 19일 버지니아 울프의 일기.

23 Leonard Woolf (1972), *Beginning Again: An autobiography of the years, 1911-1918*, The Hogarth Press, p.62.

꽃길(88-99쪽)

1 1921년 9월 14일 버지니아 울프의 일기.

2 1922년 9월 7일 버지니아 울프의 일기.

3 1929년 9월 22일 버지니아 울프의 일기.

4 1907년 8월 25일 버지니아 울프가 바이올렛 디킨슨에게 쓴 편지.

5 1925년 9월 1일 버지니아 울프가 재닛 케이스에게 쓴 편지.

6 1919년 10월 28일 편지.

7 1927년 5월 22일 버지니아 울프가 버네사 벨에게 쓴 편지.

8 1937년 8월 13일 버지니아 울프가 바이올렛 디킨슨에게 쓴 편지.

이탈리아 정원(100-107쪽)

1 Sussex Archaeological Society (1869), *Sussex Archaeological Collections Relating to the History and Antiquities of the County*, vol.21, Sussex Archaeological Society, p.65.

2 "녹색과 은색의 (…) 우리 차는 뱀장어처럼 부드럽게, 칼새처럼 빠르게 미끄러진답니다." 1933년 2월 14일 버지니아 울프가 비타 색빌-웨스트에게 쓴 편지.

3 1933년 5월 16일 버지니아 울프가 도로시 뷔시에게 쓴 편지.

4 1933년 9월 2일 버지니아 울프의 일기.

5 1933년 9월 23일 버지니아 울프의 일기.

6 1933년 9월 30일 버지니아 울프가 비타 색빌-웨스트에게 쓴 편지.

7 Nigel Nicolson (2000), *Virginia Woolf*, Penguin Publishing Group, p.73.

8 1933년 9월 26일 버지니아 울프의 일기.

9 1937년 6월 26일 버지니아 울프가 재닛 케이스에게 쓴 편지.

테라스(108-115쪽)

1 1926년 9월 28일 버지니아 울프의 일기.

2 1919년 9월 14일 버지니아 울프의 일기.

3 1929년 9월 25일 버지니아 울프의 일기.

4 1926년 9월 5일 버지니아 울프의 일기.

5 1939년 8월 9일 버지니아 울프의 일기.

6 1933년 8월 3일 버지니아 울프가 비타 색빌-웨스트에게 쓴 편지.

7 1931년 9월 30일 버지니아 울프의 일기.

8 1909년 2월 19일 리턴 스트레이치가 레너드 울프에게 쓴 편지.

9 1909년 8월 21일 리턴 스트레이치가 레너드 울프에게 쓴 편지.

10 1929년 12월 14일 버지니아 울프의 일기.

11 Leonard Woolf (1973), *The Journey Not the Arrival Matters: An autobiography of the years, 1939–1969*, The Hogarth Press, p.183.

12 1936년 5월 2일 버지니아 울프가 줄리언 벨에게 쓴 편지.

13 1938년 8월 17일 버지니아 울프의 일기.

글쓰기 오두막(116-125쪽)

1 1934년 10월 5일 버지니아 울프의 일기.

2 1934년 11월 26일 버지니아 울프의 일기.

3 1928년 9월 4일 버지니아 울프가 에설 샌즈에게 쓴 편지.

4 Leonard Woolf (1975), *Downhill all the way: An autobiography of the years, 1919–1939*, The Hogarth Press, p.52.

5 Leonard Woolf, 위의 책, p.52.

6 1930년 9월 28일 버지니아 울프가 에설 스마이스에게 쓴 편지.

7 1936년 4월 14일 버지니아 울프가 에설 스마이스에게 쓴 편지.

8 1936년 7월 22일 버지니아 울프가 버네사 벨에게 쓴 편지.

9 1936년 9월 18일 버지니아 울프가 에설 스마이스에게 쓴 편지.

10 1936년 6월 7일 버지니아 울프가 오털라인 모렐에게 쓴 편지.

11 1936년 7월 14일 버지니아 울프가 에설 스마이스에게 쓴 편지.

12 버지니아 울프, 〈과거의 스케치〉.

13 1937년 3월 2일 버지니아 울프의 일기.

14 1932년 6월 13일 버지니아 울프의 일기.

15 1937년 4월 9일 버지니아 울프의 일기.

16 1941년 4월 2일 버네사 벨이 비타 색빌-웨스트에게 쓴 편지. Nigel Nicolson (2000), *Virginia Woolf*, Penguin Publishing Group, p.156.

17 1937년 8월 17일 버지니아 울프가 버네사 벨에게 쓴 편지.

18 Leonard Woolf (1973), *The Journey Not the Arrival Matters: An autobiography of the years, 1939–1969*, The Hogarth Press, p.28.

담이 있는 정원(126-139쪽)

1 Leonard Woolf (1972), *Beginning Again: An autobiography of the years, 1911-1918*, The Hogarth Press, p.60.

2 Leonard Woolf, 위의 책, p.64.

3 1937년 8월 31일 버지니아 울프가 버네사 벨에게 보낸 편지.

4 서식스대학교 소장 몽크스 하우스 문서.

5 1937년 10월 22일 버지니아 울프가 바이올렛 디킨슨에게 쓴 편지.

6 1937년 10월 25일 버지니아 울프의 일기.

7 1937년 8월 13일 버지니아 울프가 바이올렛 디킨슨에게 쓴 편지.

8 1937년 7월 19일 버지니아 울프의 일기.

9 1931년 12월 30일 버지니아 울프가 퍼널 스트레이치에게 쓴 편지.

10 1938년 9월 5일 버지니아 울프가 시빌 콜팩스에게 쓴 편지.

11 1938년 10월 8일 버지니아 울프가 버네사 벨에게 쓴 편지.

12 1931년 8월 7일 버지니아 울프의 일기.

13 1930년 9월 14일 버지니아 울프가 마거릿 르웰린 데이비스에게 쓴 편지.

4장 마지막 페이지(140-153쪽)

1 1938년 5월 8일 버지니아 울프가 마거릿 르웰린 데이비스에게 쓴 편지.

2 1938년 8월 7일 버지니아 울프가 안젤리카 벨에게 쓴 편지.

3 1938년 9월 10일 버지니아 울프의 일기.

4 위의 글.

5 1939년 8월 20일 버지니아 울프가 에설 스마이스에게 쓴

6 1941년 3월 4일 레너드 울프가 마거릿 르웰린 데이비스에게 쓴 편지.

7 1939년 7월 28일 버지니아 울프의 일기.

8 위의 글.

9 위의 글.

10 위의 글.

11 1939년 7월 29일 버지니아 울프의 일기.

12 1939년 7월 16일 버지니아 울프가 링 슈후아에게 쓴 편지.

13 1940년 2월 1일 버지니아 울프가 에설 스마이스에게 쓴 편지.

14 1939년 9월 6일 버지니아 울프의 일기.

15 1940년 3월 24일 버지니아 울프의 일기.

16 1940년 4월 13일 버지니아 울프의 일기.

17 1940년 5월 23일 버지니아 울프의 일기.

18 1940년 5월 15일 버지니아 울프의 일기.

19 위의 글.

20 1940년 2월 19일 버지니아 울프의 일기.

21 1940년 10월 1일 버지니아 울프가 안젤리카 벨에게 쓴 편지.

22 1940년 9월 8일 버지니아 울프가 바이올렛 디킨슨에게 쓴 편지.

23 1940년 9월 12일 버지니아 울프의 일기.

24 1940년 7월 24일 버지니아 울프가 에설 스마이스에게 쓴 편지.

25 1938년 4월 12일 버지니아 울프의 일기.

26 1940년 12월 16일 버지니아 울프의 일기.

27 1940년 10월 12일 버지니아 울프의 일기.

28 1940년 10월 2일 버지니아 울프의 일기.

29 1940년 12월 16일 버지니아 울프의 일기.

30 1941년 2월 1일 버지니아 울프가 에설 스마이스에게 쓴 편지.

31 1941년 2월 4일 버지니아 울프가 비타 색빌-웨스트에게 쓴 편지.

32 1940년 12월 29일 버지니아 울프의 일기.

33 1941년 1월 15일 버지니아 울프의 일기.

34 1941년 1월 26일 버지니아 울프의 일기.

35 위의 글.

36 1941년 3월 24일 버지니아 울프의 일기.

37 서식스대학교 소장 레너드 울프의 문서.

채소밭(154-157쪽)

1 Victoria Glendinning (2006), *Leonard Woolf: A Biography*,

Free Press, p.207.

2 Joan Russell Noble ed. (1972), *Recollections of Virginia Woolf*, William Morrow, p.85.

3 Joan Russell Noble ed. 위의 책, p.48.

5장 버지니아 이후(158-167쪽)

1 Victoria Glendinning (2006), *Leonard Woolf: A Biography*, Free Press, p.413.

2 Leonard Woolf (1973), *The Journey Not the Arrival Matters: An autobiography of the years, 1939-1969*, The Hogarth Press, p.178.

3 Leonard Woolf and Trekkie Parsons Ritchie (2001), *Love Letters: Leonard Woolf and Trekkie Ritchie Parsons, 1941-1969*, ed. Judith Adamson, Chatto & Windus, no.333.

4 위의 책, no.152.

5 위의 책, no.98.

6 위의 책, no.134.

7 Victoria Glendinning (2006), *Leonard Woolf: A Biography*, Free Press, p.339.

8 위의 책, p.375.

9 1969년 8월 28일 퀜틴 벨이 트레키 파슨스에게 쓴 편지. Glendinning (2006), p.491.

10 Joan Russell Noble ed. (1972), *Recollections of Virginia Woolf*, William Morrow, p.162.

11 Leonard Woolf (1973), *The Journey Not the Arrival Matters: An autobiography of the years, 1939–1969*, The Hogarth Press, p.167.

12 Joan Russell Noble ed., 위의 책, p.162.

뒤뜰 잔디 정원과 온실(168-175쪽)

1 1937년 8월 3일 버지니아 울프가 버네사 벨에게 쓴 편지.

2 1931년 8월 7일 버지니아 울프의 일기.

3 줄리언 벨의 말. Maire McQueeney ed. (1991), *Virginia Woolf's Rodmell: An illustrated guide to a Sussex Village*, Rodmell Village Press.

4 1931년 1월 2일 버지니아 울프의 일기.

5 Leonard Woolf and Trekkie Parsons Ritchie (2001), *Love Letters: Leonard Woolf and Trekkie Ritchie Parsons, 1941-1969*, ed. Judith Adamson, Chatto & Windus, no.171.

6장 레너드 이후(176-183쪽)

1 1965년 6월 2일 레너드 울프가 벌링턴 와일스에게 쓴 편지.

2 Nuala Hancock (2012), *Charleston and Monk's House: The Intimate House Museums of Virginia Woolf and Vanessa Bell*, Edinburgh University Press, pp.150-151.

3 Leonard Woolf (1975), *Downhill all the way: An autobiography of the years, 1919–1939*, The Hogarth Press, p.52.

4 존 레이먼의 회고. Joan Russell Noble ed. (1972), *Recollections of Virginia Woolf*, William Morrow, p.41.

5 1929년 9월 25일 버지니아 울프의 일기.

6 Eva Wacker (2000), *Monk's House Garden: The country home of London and Virginia Woolf in Sussex history, development and restoration*.

가림막 뒤의 생각(184-187쪽)

1 George Spater and Ian Parsons (1977), *A Marriage of True Minds: An Intimate Portrait of Leonard and Virginia Woolf*, Harcourt Brace Jovanovich, p.62.

2 1930년 7월 26일 버지니아 울프의 일기.

3 1926년 11월 23일 버지니아 울프의 일기.

4 1937년 10월 22일 버지니아 울프의 일기.

5 1941년 3월 28일 거실 벽난로 위에 남겨져 있던 편지.

6 1937년 6월 26일 버지니아 울프가 재닛 케이스에게 쓴 편지.

"줄리언, [파리에서] 돌아올 때 부디 내게 친절을 베풀어 볼티제르 시가 50상자를 사다주지 않으련? 세관에 신고만 하면 문제없어."(1927년 9월 버지니아 울프가 줄리언 벨에게 쓴 편지) 버지니아는 이탈리아 여행 중에 시가를 피우기 시작했고 이후로도 이 습관을 없애지 못했다.

감사의 말

저자

런던 집의 조그만 정원을 떠나 몽크스 하우스 정원을 책임지게 되면서 신이 났지만 동시에 겁이 나기도 했다. 임대차계약에 따라 우리는 일주일에 하루씩 정원사를 써야 했다. 이사하던 중에 우리는 정원사 멜 오즈번을 만났고, 10년 동안 그는 우리와 함께 정원을 가꿨다. 또 자원봉사자인 재닛 마질도 나중에 합류하여 일을 도왔고, 크리스 소여는 조너선과 함께 끝없는 풀베기 작업을 했다. 우리 모두는 몽크스 하우스 정원을 함께 알아갔다. 봄에 피는 구근이 정원 어느 구역에 있는지 같이 지도를 그리고, 여러해살이식물을 갈라서 여러 곳에 옮겨 키웠으며, 한해살이식물의 씨를 뿌리고, 다알리아 덩이뿌리를 캐고, 묘목을 옮겨 심고, 창고를 정리하고, 길에 난 잡초를 뽑았다. 정원 가꾸기는 공동 작업이었고, 이들과 함께 일하며 행복했다. 이 책을 쓰기 위해 조사하고 준비하는 과정에서 받은 도움에 감사하며, 아래에 도움 주신 분들을 적어본다. 몽크스 하우스 문서(Monk's House Papers)와 레너드 울프 아카이브(Leonard Woolf Archive)를 조사할 때 도와준 서식스대학교 특수 컬렉션(University of Sussex Special Collections)의 직원들에게 감사한다. 영국작가협회(Society of Authors)의 제러미 크로와 세라 버턴, 랜덤하우스출판그룹의 세라 맥마흔에게 감사한다. 세실 울프는 이 책의 서문을 써주었는데, 내게는 큰 의미가 있는 일이었다. 루스 웹 박사와 사이먼 케인스 교수는 이 책 37쪽에 나오는 버지니아와 레너드의 사진 출처를 찾아내는 데 도움을 줬다.

내셔널트러스트의 앨리슨 프리처드와 크리스 롤린에게 감사한다. 몽크스 하우스의 역사에 관한 자신의 연구를 너무도 관대하게 공유해준 줄리 싱글턴에게 감사한다. 원고를 읽고 값진 충고를 해준 미랜더 머니와 버네사 커티스에게 감사한다. 울프 부부와 정원에 대한 기억을 나눠준 샬럿 휴어 에번스와 에이드리언 오처드, 이언 제프리, 마리 바살러뮤에게 감사한다. 시싱허스트성에서 마법과도 같은 오후를 보낼 수 있도록 허락해준 애덤 니컬슨에게 감사한다. 나는 거기서 몽크스 하우스 정원의 사진을 찾아 사진첩들을 살살이 뒤졌다. 여러 다양한 문제에 관해 도움과 조언을 준 찰스턴 트러스트의 웬디 히치머프 박사에게 감사한다.

다음 분들에게도 감사한다. 몽크스 하우스에 관한 지식을 나누어준, 내셔널트러스트의 도티 오언스와 짐 마셜. 아름다운 수채화 삽화를 그려준 로나 브라운. 재키 스몰 출판사의 재키 스몰, 조애나 코프스틱, 리디아 핼리데이, 알렉산드라 랩 톰프슨. 캐럴라인 아버와 나는 특히 시안 파크하우스와 매기 타운이 보여준 기량, 창의성, 인내심에 감사한다.

아래의 개인, 기관, 단체에 감사한다. 이들은 자료를 열람하거나 사용할 수 있게 해주었고, 저작권이 있는 자료를 책에 실을 수 있도록 허락해주었다. 서식스대학교와 그 대리인 영국작가협회는 레너드 울프의 출판·미출판 저작물을 열람하고 그의 자서전을 인용할 수 있도록 허락해주었다. 헨리에타 가넷 제공 버네사 벨 이스테이트는 97, 115, 141쪽에 실은 버네사 벨과 안젤리카 가넷이 그린 그림을 사용할 수 있도록 허락해주었다. 데이비드 하이암 어소시어츠는 존 레이먼의 글을 사용할 수 있도록 허락해주었다. 케임브리지 킹스 칼리지와 그 대리인 영국작가협회는 E. M. 포스터의 글을 사용할 수 있도록 허락해주었다. 랜덤하우스출판그룹은 나이절 니컬슨과 조앤 트로트먼이 편집한 《버지니아 울프의 편지(The Letters of Virginia Woolf)》를 인용할 수 있도록 허락해주었고, 호가스 출판사는 앤 올리비에 벨이 편집한 《버지니아 울프의 일기(The Diary of Virginia Woolf)》와 버지니아 울프의 《존재의 순간들(Moments of Being)》을, 채토앤드윈더스 출판사는 주디스 애덤슨이 편집한 《레너드 울프와 트레키 파슨스의 사랑 편지, 1941-1969(Love Letters: Leonard Woolf and Trekkie Ritchie Parsons, 1941-1969)》를, 퀜틴 벨 이스테이트는 170쪽에 실은 줄리언 벨의 말을 인용할 수 있도록 허락해주었다. 트레키 리치 파슨스 이스테이트 대리인은 25쪽에 실은 그림을 사용할 수 있도록 허락해주었다.

이 책에 사용된 자료에 권리가 있는 모든 사람에게 연락하기 위해 모든 노력을 다했음을 밝힌다.

사진작가

다음 페이지의 사진을 찍는 데 아트 디렉션을 제공한 개비 터브스에게 감사한다. 20, 22, 23, 24, 31, 32-33, 75, 122-123, 130-131, 133쪽.

아카이브 사진 사용 허가

7, 51, 110쪽(위): 애덤 니컬슨

16쪽: 테이트 미술관, 2013

아래 사진들은 몽크스 하우스 앨범(Monk's House Albums)에서 복제한 것으로, 하버드대학교 호튼도서관 시어터 컬렉션(Harvard Theatre Collection)과 버지니아 울프 이스테이트 대리인 영국작가협회의 허락을 받아 실었다. 괄호 안에 자료 위치를 적었다.

18쪽 (표시되어 있지 않은 폴더)

47쪽 (1754/8159 그리고 8161)

61쪽 (상자 2/7)

67쪽 왼쪽 (1794/8145), 오른쪽 (MH-3, 89)

68쪽 (MH-3, 33)

79쪽 (1794/8302)

104쪽 (1795/1116)

115쪽 (1795/1183)

119쪽 (상자 2, 표시되어 있지 않은 폴더)

143쪽 오른쪽 (1795/0923)

146쪽 (상자 2, 표시되어 있지 않은 폴더)

161쪽 아래 (1795/0923)

172쪽 (1795/1115)

25, 26, 30쪽 (아래): 비비언 샤프링어, 1970

37쪽: 케인스 가족

110쪽 (아래): The British Library Board / ADD.50522f318

114, 130, 143쪽 (왼쪽): 《울프 부부에게 던져지다(Thrown to the Woolfs)》 (Weidenfeld & Nicolson)의 저자 존 레이먼

158, 166쪽: 서식스대학교와 그 대리인 영국작가협회

참고 문헌

본문에 인용 출처를 숫자로 표시했다. 아래는 지난 10년 동안 늘 함께한,
버지니아와 레너드 울프에 관한 책 목록이다.

Alison Light (2007), *Mrs Woolf and the Servants*, Penguin UK.

Anne Olivier Bell and Andrew McNeillie eds. (1977-1984), *The Diary of Virginia Woolf, vols. 1-5*, Chatto & Windus.

Frederic Spotts ed. (1989), *Letters of Leonard Woolf*, Harcourt Brace Jovanovich.

George Spater and Ian Parsons (1977), *A Marriage of True Minds: An Intimate Portrait of Leonard and Virginia Woolf*, Harcourt Brace Jovanovich.

Hermione Lee (1996), *Virginia Woolf*, Chatto & Windus.

Joan Russell Noble ed. (1972), *Recollections of Virginia Woolf*, William Morrow.

John Lehmann (1978), *Thrown to the Woolfs*, Weidenfeld & Nicolson.

Julie Singleton (2008), *A History of Monks House and Village of Rodmell, Sussex Home of Leonard and Virginia Woolf*, Cecil Woolf.

Katherine C. Hill-Miller (2001), *From the Lighthouse to Monk's House: A Guide to Virginia Woolf's Literary Landscapes*, Gerald Duckworth & Co.

Nigel Nicolson (2000), *Virginia Woolf*, Penguin Publishing Group.

Nigel Nicolson and Joanne Trautmann eds. (1975-1980), *The Letters of Virginia Woolf, vols. 1–6*, Chatto & Windus.

Ruth Webb (2000), *Virginia Woolf*, The British Library.

Vanessa Curtis (2003), *Virginia Woolf's Women*, Sutton Publishing.

Victoria Glendinning (2006), *Leonard Woolf: A Biography*, Free Press.

Virginia Woof (1976), *Moments of Being: Unpublished Autobiographical Writings*, ed. Jeanne Schulkind, Chatto and Windus for Sussex University Press.

레너드 울프의 자서전 5권

Sowing: An autobiography of the years, 1880–1904

Growing: An autobiography of the years, 1904–1911

Beginning Again: An autobiography of the years, 1911-1918

Downhill All the Way: An autobiography of the years, 1919–1939

The Journey not the Arrival Matters: An autobiography of the years, 1939–1969

영국 버지니아울프학회 www.virginiawoolfsociety.org.uk

몽크스 하우스는 대중에게 개방되어 있다.
웹사이트에서 관람시간 및 기타 정보를 찾아볼 수 있다.
www.nationaltrust.org.uk

블룸즈버리 그룹의 삶과 작업과 그들이 산 시대에 관심이 있는
이들에게 블룸즈버리 헤리티지(Bloomsbury Heritage) 시리즈는
큰 도움이 될 것이다. 특히 다음 책들을 권하고 싶다.

Diana Gardner (2008), *The Rodmell Papers: Reminiscences of Virginia and Leonard Woolf by a Sussex neighbour*.

Julie Singleton (2008), *A History of Monks House and Village of Rodmell, Sussex Home of Leonard and Virginia Woolf*.

Nuala Hancock (2005), *Gardens in the Work of Virginia Woolf*.

옮긴이의 말

몽크스 하우스는 영원히 우리 주소가 될 거야.
정원과 교회 묘지가 맞닿은 곳에 나는 벌써
우리 무덤을 표시했다니까.
— 1919년 8월 12일 버지니아 울프의 편지

버지니아 울프가 살아 돌아와 21세기의 맨해튼에
나타난다는 설정의 소설을 재밌게 읽은 적이 있다.
그 소설에서 울프는 자기 작품 초판본의 거래가를
알고는 놀라워하며, 과거에서 가져온 《등대로》와
《올랜도》 초판을 팔아 뉴욕 체류비와 이스탄불에서
열리는 버지니아울프학회에 갈 항공비를 마련한다. 그
소설을 읽으며 나는 버지니아 울프가 살아 돌아온다면
초판본 가격에도 놀라겠지만 대중적으로 유통되는
자신의 이미지에 훨씬 더 놀랄 거라고 생각했다.
정신병에 시달리다가 자살한 불행한 여성작가, 광기와
성폭력과 불감증(!) 같은 키워드로 이야기되는 삶,
영화 〈디 아워스〉의 시종일관 우울하고 자살충동에
차 있는 인물. 많은 이에게 자신이 이렇게 기억되고 또
재현된다는 사실을 알게 된다면 울프는 아마 경악하고
몹시 분개해서는 불쾌한 일이 있을 때 자주 그랬듯
씩씩거리면서 일기장에 몇 페이지고 화를 쏟아내지
않았을까.
1970년대 이후 페미니스트 문학비평의 개입과
전기 연구의 축적으로 '블룸즈버리의 병약한 숙녀'
이미지에서 구출된 후에도 버지니아 울프는 여전히
비극적인 삶을 산 연약한 여성작가로 끈질기게
회자되고 고정된다. 이런 현상은 작가와 광기에 대한
낭만적 환상(우리가 작가들의 인생을 비극적 드라마로
즐길 수 있도록 그들은 영원히 고통받아야 한다!)이 지니는
매력 때문이기도 하겠지만, 여성의 고통과 죽음을
둘러싼 가부장제 사회의 집착 어린 상상력에도 뿌리를
두고 있는 것으로 보인다. 까탈스럽도록 예민하거나,

우울증과 질병에 시달리거나, 또 자살하기도 한
남성작가들을 떠올려보라. 프루스트, 헤밍웨이,
데이비드 포스터 월리스…… 그들의 삶과 작품은
병과 죽음으로 정의되지 않으며, 그들의 자살 방법은
거의 페티시즘으로 보일 만큼 상세하고 반복적으로
묘사되는 울프의 죽음처럼 복기되지 않는다. 버지니아
울프가 자살하는 장면으로 시작하여 자살하는 장면으로
끝나는 영화 〈디 아워스〉가 나왔을 때 버지니아 울프를
연구하는 한 학자는 탄식했다. "세상에, 울프를 꼭
두 번이나 익사시켜야 했을까!"[1] 도리스 레싱 역시
이 영화의 허구화 방식에 일갈했다. "우리가 희생자
여성을 얼마나 사랑하는지! 아, 우리가 얼마나 그들을
사랑하는지." 불행한 여성작가의 초상을 향한 도착적
애정을 이만큼 날카롭게 찌르는 말을 아직 나는 만나지
못했다.
글 쓰는 여성이자 아픈 사람으로 산 울프를 불운의
집합으로 제시하는 이 같은 초상을 마주칠 때마다
나는 뭔가 갑갑하다고 느꼈고, 이 갑갑하다는 감정에
모욕감과 분노가 섞여 있다는 걸 점점 자각하던
차에 너무도 산뜻하게 다른 이야기를 풀어내는 이 책
《버지니아 울프의 정원》을 만났다. 버지니아 울프가
22년간 살았던 몽크스 하우스와 그곳 정원을 주제로
한 《버지니아 울프의 정원》은 그의 인생을 불행의
목록으로, 나아가 죽음으로 치환하는 이야기들의
반대쪽에 있다. 이 책은 몽크스 하우스를 배경으로
위대한 작가의 평범하고도 특별한 하루를 보여주고,
생활과 생계와 작업과 사교와 놀이의 나날을
따라가면서 울프의 다른 초상을 담아낸다. 공들인
자료조사, 애정과 즐거운 상상력과 위트가 담긴 서술을
통해 이 책이 그려내는 버지니아 울프는 비극의 정동을
불러일으키기 위해 소환되고 소비되는 아이콘과는
거리가 멀다. 그는 성실하고 치열하게 매일 노동한

작가이고, 욕실을 마련하기 위해 글쓰기로 돈을 벌자고 결심하는 생활인, 정열적인 산책가, 수다와 농담과 가십을 사랑하고 시가와 음악과 스포츠를 즐긴 사람이다.

버지니아 울프가 몽크스 하우스를 구입한 직후에 쓴 편지의 말처럼 그곳은 정말로 그가 죽은 곳(우즈강은 걸어서 10분 거리에 있다)이자 묻힌 곳이 되었다. 그러나 그 편지의 무덤이라는 단어는 죽음을 향한 충동이 담긴 말이라든지 죽음을 예감하는 말이 아니라, 자신이 정박할 자리를 마련한 사람의 흡족함과 그곳에서 펼쳐질 날들에 대한 기대가 담뿍 담긴 말이었다. 버지니아 울프의 생애에 관한 이야기는 죽음 이야기, '무덤' 이야기가 될 때가 많지만, 이 책 《버지니아 울프의 정원》이 풀어내는 건 삶 이야기다. 우리는 '그곳에서 펼쳐진 날들'을 본다. 고통과 고난도 분명 거기에 있지만 그럼에도 책 전체에 울려 퍼지는 것은 아름다움, 기쁨, 유머, 관능, 열정, 욕망으로 찰랑대는 삶이다.

픽션은 거미줄과도 같습니다. 네 모서리가 삶에 아주 살짝 붙어 있는 그런 거미줄과도 같지요. 그 부착 부분이 눈에 띄는 때는 드뭅니다. (…) 이 거미줄은 육체를 지니지 않은 어떤 존재가 공기 중에 짜놓은 것이 아니라 고통받는 인간이 만든 작품이며, 건강, 돈, 사는 집처럼 지극히 물질적인 것들에 부착되어 있습니다.
— 버지니아 울프, 《자기만의 방》

버지니아와 레너드 울프 부부는 잉글랜드 남동쪽 해안에 접한 서식스와 런던을 오가며 생활했다. 런던은 출판사 운영과 각종 모임과 사교와 공연 구경으로 바쁜 자극과 활기의 장소였으며, 여름의 몇 달과 겨울의 몇 주, 봄·가을의 주말을 보낸 서식스의 몽크스 하우스는 고요와 휴식의 장소였다. 그리고 두 곳을 오가며 버지니아 울프는 끊임없이 글을 썼다.

《버지니아 울프의 정원》을 읽고 나면 몽크스 하우스에서 울프의 일과를 그가 머문 공간 및 동선과 겹쳐보며 구체적으로 떠올려볼 수 있다. 가령 1930년대의 어느 여름, 몽크스 하우스에서 울프가 보낸 하루를 그려보자. 아침에 그는 정원이 바로 내다보이는 1층의 자기 방 침대에서 창밖의 클레마티스를 곁눈질하며 식사를 한다. 10시쯤에 벽돌길을 따라 장미와 백일홍이 피어난 정원을 가로질러 과수원 구석에 있는 글쓰기 오두막으로 걸어간다. 집필대를 걸쳐놓은 낮은 의자에 앉아 담배에 불을 붙이고 일을 시작한다. 점심시간인 1시까지 글을 쓰고, 오후엔 개 핑커와 함께 다운스 구릉과 강가 목초지를 오래도록 걷는다. 4시에 차를 마시고 일기와 편지를 쓰고 오전에 쓴 글을 타자기로 치고 독서를 한다. 레너드와 테라스에서 잔디볼링 시합을 하고 저녁식사를 한다. 밤엔 2층 거실에서 '프티 볼티제르' 시가를 피우고 베토벤을 듣는다.

이런 규칙적인 일상은 버지니아에게 안정과 만족감의 원천이어서, 몽크스 하우스에서 보낸 어느 날에 대해 그는 "인생에서 최고로 행복한" 날이었다며 "마치 아름다운 서랍들이 딱 맞물리도록 조립해 만든 완벽한 장식장 같았다"고 적는다.[2] 레너드 울프의 자서전에 따르면, 버지니아는 이 같은 노동과 산책과 휴식의 리듬을 매일 "주식중개인만큼이나 규칙적으로"[3] "전문가답고 헌신적인 근면함"[4]을 가지고 반복해 아프지 않은 해에는 365일 중 330일 정도를 일했다. 성실함, 엄격한 자기 규율, 글쓰기에 대한 헌신으로 조직된 이런 일상에서 매일 조금씩 그의 장편소설 아홉 편이, 그리고 단편소설, 비평, 에세이, 일기, 편지 등의 수많은 글이, 나아가 20세기 초의 문학사조 하나가(최소한 그 일부가) 만들어졌다.

하지만 집필에 지나치게 몰두하여 소진되거나 글쓰기가 "고문"[5]이 되는 때가 찾아오곤 했다. 때로는 별다른 이유 없이 불안과 우울의 순간이 닥치기도 했다. 두통, 열, 통증, 불면 등의 이상증상이 시작되면 울프는 몽크스 하우스에 내려와 쉬곤 했다. 서른 살 무렵 2년여 동안 최악의 조울증 발병 시기를 겪은 다음 울프의 삶

후반부의 25년을 훑어보면, 위에 서술한 매일의 리듬을 중심축으로 하여 앓기―휴식과 여행―회복―다시 글쓰기로 돌아오는 더 긴 주기의 리듬이 반복된다. 서른세 살 땐 가족들조차 울프가 작가로 성공하는 건 고사하고 멀쩡하게 살 수나 있을지 의심했지만,[6] 그리고 이후로도 질병을 지척에 두고 살았지만, 그때만큼 심각한 위기가 죽을 때까지 없었던 건 그 자신이 쌓아간 환자로서의 숙련과 레너드의 돌봄, 그리고 몽크스 하우스에서의 휴식 덕분이었을 것이다. 울프는 침대에 누워 정원을 바라보고 독서를 하고 쉬면서 "어두운 지하 세계"[7], "깊은 물"[8], "거대한 우울의 호수"[9]로 내려가는 시간을 견뎠으며, 끝내 떠오르지 못한 마지막에 이를 때까지, 계속, 몇 번이고 다시 떠올랐다. "맹세컨대, 이 절망의 저점(低點)이 날 삼키지 못하게 하겠다."[10] 죽기 두 달 전 몽크스 하우스에서 쓴 일기다. 그는 끝까지 싸우고 있었다.

이처럼 일하고 휴식하고 아프고 분투한 이곳 몽크스 하우스를 버지니아는 남편 레너드와 함께 돈과 시간과 정성을 들여 수십 년에 걸쳐 만들고 가꿨다. 돈 걱정에 시달리던 작가 커리어의 초반을 지나 네 번째 장편소설 《댈러웨이 부인》을 출간한 다음 해인 1926년이 되면 버지니아 울프가 글을 써서 얻는 수입이 생애 처음으로 《자기만의 방》에서 말하는 '1년에 500파운드'[11]를 넘고, 경제적 안정은 집과 정원의 변화로 나타난다. 《댈러웨이 부인》 인세로는 욕실과 온수시설과 수세식 화장실을 설치하고, 《등대로》의 인세로는 런던과 몽크스 하우스를 편히 오갈 수 있도록 자동차를 사고, 《올랜도》로는 방과 거실을 증축하고, 《플러시》로는 연못을 새로 판다. 수세식 화장실을 '댈러웨이 부인의 화장실'이라고 부르고 처음 구입한 자동차에 '등대로'라는 이름을 붙였다는 사실에서, 또 새로 만든 자기 방을 '올랜도'라고 부를 거라며 들떠 말하는 편지[12]에서 울프가 점점 획득해가는 물질적 풍요로부터 얻은 즐거움을 엿볼 수 있다.

특히 뉴넘 칼리지와 거튼 칼리지에서 강연하고 그것을 바탕으로 원고를 정리해 《자기만의 방》을 출판하기에 이르는 1928년부터 1929년까지의 기간이, 이전 책들의 몇 배에 달하는 상업적 성공을 거둔 《올랜도》의 인세로 울프가 몽크스 하우스에 '자기만의 방'을 증축할 계획을 세우고 공사하는 기간과 겹친다는 사실을 짚고 싶다(《자기만의 방》은 1929년 10월에 출간되고, 울프의 '자기만의 방'은 같은 해 12월에 완성된다). 이 시기에 울프의 일기와 편지엔 '방' 이야기가 빈번한데, 《자기만의 방》 작업과 관련된 언급일 때도 있지만 몽크스 하우스에 새로 만드는 실제 '자기만의 방'일 때가 많다. "돈을 벌면 집에 한 층을 더 올려야지."[13] "《올랜도》 판매가 아주 잘됐어요. (…) 방을 더 만들 계획을 세우고 있답니다."[14] "다음 주에 필콕스를 불러서 방을 설계할 것이다. 방을 짓고 가구를 들여놓을 돈이 내겐 있다."[15] "기사 네 개를 더 쓰기로 했다. 얼마가 들든 나의 새 방을 가질 수 있다."[16] "언제나 갖고 싶어 한 사랑스럽고 멋진 방".[17] "나의 완벽한 방".[18] 전망 좋은 새 방이 생겼다는 흥분과 기쁨뿐 아니라 자신의 노동으로 원하는 공간을 마련하고 꾸밀 수 있다는 사실에서 나오는 자부심과 자신감이 곳곳에서 드러난다.

몽크스 하우스의 '자기만의 방'에 대해 알고 나면 《자기만의 방》에 담긴 울프의 통찰이 더 의미심장하게 다가온다. 예술작품은 공중에 홀로 떠서 영롱하게 반짝이는 거미줄처럼 보이곤 하지만 사실 몸을 지닌 인간이 만든 것이며 어딘가―건강, 돈, 사는 집―에 붙어 있는 것이라는 통찰. 《자기만의 방》의 전면에선 여성에게 박탈된 것들이 주로 이야기되지만, 그 배경엔 젊은 시절의 경제적 순진함[19]에서 벗어나 이렇게 (특히 여성이 작가로 사는 데) 물질적 조건의 중요성을 배워가고 경제적 능력과 자신감을 획득해간 울프 자신의 역사와 변화가 있다.

몽크스 하우스는 울프가 엮고 지은 거미줄의 네 모서리가 붙어 있는 곳이었다. 아프거나 건강하거나 우울하거나 즐거운 몸으로 그 특정 장소에서 보낸

'모든 것이 아름답게 딱 맞물리는' 하루와 앓기와 휴식의 나날들에서 그의 작품의 씨줄과 날줄이 뽑혀 나왔다. 점심을 먹으러 글쓰기 오두막에서 돌아오는 버지니아의 얼굴이 발갛게 달아올라 있는지 여부로 그가 오전에 쓴 글이 소설인지 아니면 비평인지를 알 수 있었다고 레너드는 말한다.[20] 때로 고통스럽지만 그렇게 얼굴이 달아오를 정도로 환희에 찬 비상을 할 수 있게 해준 단단한 지반, 아픈 사람으로 살면서도 방대한 양의 글을 남길 수 있게 한 토양, 버지니아 울프가 몇 번이나 딛고 다시 삶으로 떠오른 기반암, 그곳이 바로 몽크스 하우스였다.

로드멜에서 좋은 주말을 보내고 돌아오다 ─
침묵, 책 속으로 깊고 안전하게 가라앉기, 그러곤
밖에서 산사나무가 흔들리는 소리, 마치 파도가
부서지는 것 같은 소리를 들으면서 맑고 투명한 낮잠,
정원의 모든 초록 터널과 둔덕들. 깨어나니 덥고
고요한 낮. 보이는 사람도 없고, 방해가 되는 것도 없다.
우리만의 장소. 천천히 가는 시간.
― 1932년 6월 13일 버지니아 울프의 일기

버지니아 울프의 '몽크스 하우스에서 펼쳐진 날들'을 따라가본 후, 이제 이 작가의 생애를 요약하는 말을 다시 골라본다. 비극, 불행? 분명 이런 단어는 아닐 것이다. 소문과 신화와 환상과 오라(aura)를 걷어낸 버지니아 울프는 오필리어가 아니다. 그는 요절하지 않았고, 미쳐서 물로 뛰어들지 않았으며, 꽃과 함께 떠다니지도 않았다(그는 추울 때 죽었다). 여러 차례의 극심한 정신적·육체적 쇠약에서 매번 돌아오는 놀라운 회복력을 보였으며, 거의 60년을 살면서 끊임없이 글을 써서 완벽주의자임에도 불구하고 적지 않은 작품을 남겼다. 며칠을 두고 고쳐 쓰기까지 한 대단히 사려 깊은 유서에서 울프는 자신이 그 누구보다 행복한 삶을 살았다고 분명하게 말한다. 작가가 되기에 이상적인 집안에서 태어나 어린 시절부터 글쓰기에 천재를

보였고, 당대에 예술적으로 인정받고 상업적으로도 성공했으며, 새로운 시대정신을 체화한 흥미롭고 재능 넘치는 친구들에 둘러싸여 있었고, 문화예술계의 인물들과 폭넓게 교류했고, 생활과 작업 어느 면에서나 자신을 지원해준 파트너가 있었고, 자기 출판사가 있었기에 쓰고 싶은 글을 자유롭게 쓸 수 있었다. 무엇보다 울프는 완전히 새로운 소설을 쓰겠다는 자신의 거대한 야망을 실현했다. 이런 삶을 요약하는 말, 그건 아마도 '감탄할 만한 끈기와 강인함으로 일구어간 풍요롭고 충만한 삶'이 아닐까.

수년 전에 보고 곧바로 사랑에 빠진 책을 번역하게 되어 행복했다. 구석구석 정성스럽고 예쁜 사진과 자수에 감동하고 우스운 일화에 킥킥대며 작업했다. 책의 페이지마다 감탄스러울 정도로 잘 붙잡아낸 몽크스 하우스의 특별한 대기와 오래전 버지니아 울프가 자신의 정원에서 느꼈을 희열 속에 있으면서 내 몸도 같이 말랑말랑해지는 것 같았다. 버지니아 울프의 충만한 삶을 생생하고 친밀한 방식으로 보여줄 뿐만 아니라 여러 감각으로 직접 느낄 수 있게 해주는 이 책 안으로 어서 들어와보라고 손짓하며 초대하고 싶은 마음이다.
시간이 갈수록 한 작가의 삶을 둘러싼 그 모든 무성한 말들도, 책 속에서 들리는 것 같았던 수다 소리와 깔깔대는 웃음소리도 전부 가라앉고, 내게 이 책과 몽크스 하우스는 위에 적은 버지니아 울프의 일기 한 구절로 마음에 남는다. 100년 전 누군가의 정원 안 고요함, 바람에 나뭇잎들이 흔들리는 소리를 들으며 빠져든 맑고 투명한 낮잠. 그 한여름의 낮잠을 생각하면 조용하고도 환한 기쁨이 차오른다.
이 책과 함께하며 그런 기쁨 속에 머물렀다.
이제 독자들도 그랬으면 좋겠다.

2020년 가을
메이

옮긴이의 말 주

1 Patricia Cohen, "The Nose Was the Final Straw", *The New York Times*, 15 Feb 2003.
   https://www.nytimes.com/2003/02/15/movies/the-nose-was-the-final-straw.html

2 Doris Lessing, "Foreword" in Virginia Woolf, *Carlyle's House and Other Sketches*, ed. David Bradshaw, Hesperus, 2003, p.ix.

3 1922년 8월 22일 버지니아 울프의 일기.

4 Leonard Woolf (1975), *Downhill all the way: An autobiography of the years, 1919–1939*, The Hogarth Press, p.52.

5 Leonard Woolf, 위의 책, pp.156-157.

6 Leonard Woolf, 위의 책, p.57.

7 Quentin Bell (1972), *Virginia Woolf: A Biography, Vol. 2*, Harcourt Brace Jovanovich, p.26 참조.

8 1921년 8월 8일 버지니아 울프의 일기.

9 1926년 9월 28일 버지니아 울프의 일기.

10 1929년 6월 23일 버지니아 울프의 일기.

11 1941년 1월 26일 버지니아 울프의 일기.

12 500파운드의 현재 가치는 계산 방법에 따라 차이가 나지만 중산층의 소득에 해당하는 금액으로, 현재 미국 달러로는 4만 달러 정도로 추정된다.

13 "이 방을 '올랜도'라고 부를 거야. (…) 《올랜도》 수익으로 짓는 것이거든." 1928년 12월 29일 버지니아 울프가 휴 월폴에게 쓴 편지.

14 1928년 9월 22일 버지니아 울프의 일기.

15 1928년 12월 29일 버지니아 울프가 비타 색빌-웨스트에게 쓴 편지.

16 1929년 3월 28일 버지니아 울프의 일기.

17 1929년 4월 13일 버지니아 울프의 일기.

18 1929년 9월 25일 버지니아 울프의 일기.

19 1929년 12월 26일 버지니아 울프의 일기.

20 1909년 스물일곱 살이었던 버지니아 스티븐의 고모 캐럴라인 에밀리아 스티븐이 세상을 떠나면서 버지니아를 포함해 미혼의 여자 조카 두 명에게 각각 2,500파운드를 남긴다. 버지니아는 이 유산을 남동생 에이드리언에게 나눠주려고 했다. 1918년에 울프는 자본주의 폐지와 재산을 포기하는 문제에 관해 지인들과 논하는 자리를 가진 후 일기에 "나는 자산을 소유한다는 것 때문에 심리적으로 방해받는 사람 중 하나"라고 적기도 한다. 1월 6일 일기.

21 Leonard Woolf, 위의 책, p.54, n.2.

식물 학명과 품종명

아래 목록은 독자들이 이 책에 나오는 식물의 정보를 검색할 때 학명이나 품종명이
필요하다고 여겨지는 식물을 국명, 학명, 품종명(작은따옴표로 표기) 순으로 정리한 것이다.
국명만으로 쉽게 찾을 수 있는 식물은 목록에 넣지 않았다.

제라늄 프실로스테몬 *Geranium psilostemon*

준베리 *Amelanchier lamarcki*

캄파눌라 락티플로라 '로든 아나' *Campanula lactiflora* 'Loddon Anna'

캄파눌라 락티플로라 '프리처즈 버라이어티' *Campanula lactiflora* 'Prichard's Variety'

캄파눌라 포스카르스키아나 *Campanula poscharskyana*

크로코스미아 '루시퍼' *Crocosmia* 'Lucifer'

큰꽃삼지구엽초 '릴라피' *Epimedium grandiflorum* 'Lilafee'

큰꽃삼지구엽초 '비올라케아' *Epimedium grandiflorum* 'Violacea'

클레마티스 '마담 쥘리아 코레봉' *Clematis* 'Madame Julia Correvon'

클레마티스 마크로페탈라 *Clematis macropetala*

클레마티스 몬타나 '마저리' *Clematis montana* 'Marjorie'

클레마티스 몬타나 '알바' *Clematis montana* 'Alba'

클레마티스 비티켈라 *Clematis viticella*

클레마티스 탕구티카 *Clematis tangutica*

튤립 '화이트 트라이엄페이터' *Tulipa* 'White Triumphator'

페로브스키아 '블루 스파이어' *Perovskia* 'Blue Spire'

펜스테몬 '클라레' *Penstemon* 'Claret'

풀모나리아 '블루 엔슨' *Pulmonaria* 'Blue Ensign'

풀협죽도 '알바' *Phlox paniculata* 'Alba'

프리틸라리아 임페리얼리스 '오로라' *Fritillaria Imperialis* 'Aurora'

향기제비꽃 '거버너 헤릭' *Viola odorata* 'Governor Herrick'

향기제비꽃 '인텐스 블루' *Viola odorata* 'Intense Blue'

향기제비꽃 '쾨르 달자스' *Viola odorata* 'Coeur d'Alsace'

향기제비꽃 '프린세스 오브 웨일스' *Viola odorata* 'Princess of Wales'

헤스페리스 마트로날리스 *Hesperis matronalis*

히아신스 '리노성스' *Hyacinthus orientalis* 'L'Innocence'

흰에키나시아 '알바' *Echinacea purpurea* 'Alba'

환하게 타오르는 기쁨의 순간

나는 '울프와 정원'이라는 제목을 들었을 때의 당신의 기분에 대해 알고 있다. 당신이 예감하듯 여기에는 울프가 글을 썼던 자기만의 '방'이 생생하게 안내되고 매일 아침 장미와 다알리아가 황홀하게 핀 정원을 가로질러 어제 쓰다가 만 문장을 향해 부드럽게 나아가는 울프의 하루가 펼쳐진다. 울프가 아꼈던 여러 개의 서랍이 달린 책상과 직접 양봉을 해서 얻은 꿀과 따뜻한 빵, 그 스스로가 신성할 정도로 아름답다고 극찬한 몽크스 하우스의 "더위, 새, 수선화, 파란 하늘" 모든 것이 여기에 있다. 울프의 정원에 초대받은 T. S. 엘리엇이나 E. M. 포스터 같은 당대 최고의 문인들을 만나는 것도 기쁨인데, 왜냐면 울프는 그들을 손님으로 대접하지 않고 몽크스 하우스라는 울프가 창조해낸 이 정신적 공간의 룰 속으로 그들이 편입되기를 재치 있게 독려하기 때문이다. 이렇듯 생생하고 활기찬, "환하게 타오르는" 기쁨의 순간들을 통해 울프를 만나는 일,

들판을 나는 벌떼의 행로에서조차 생의 분명한 진동을 찾아내었던 울프의 기적 같은 시간을 마주하는 일은 전혀 다른 톤의 목소리로 울프와 그 작품을 우리 내면에 기록하는 과정이 된다. 우리는 슬프게도 울프가 최종적으로 자신의 삶에 대해 내렸던 선택을 알고 있으나 결국에는 그조차 "절망의 저점"에 머문 것이 아닌 겨울의 다음 페이지를 스스로 써내려간 것임을 이해하게 될 것이다. 놀랍게도, 울프와 정원이 그 모든 것을 해낸다. 1919년 혹시나 유찰될까 초조해하며 경매장에 앉아 있는 울프에게서 시작된 몽크스 하우스의 이야기가 백여 년이 지난 지금도 이곳을 찾는 이들을 통해 매번 갱신되고 있기 때문이다. 나는 정원으로 나아가 깊은 숨으로 꽃과 나무와 흙의 냄새를 맡아보는 사람들처럼 이 책의 페이지들을 읽었고 그 결과 당연하게도 울프를 더 찬란하게 사랑하게 되었다.
— 김금희(소설가)

울프의 목소리가 가득 찬 곳, 몽크스 하우스

쓰는 사람은 종이를 파내려가는 사람, 종이 위를 거닐다 그 안에 갇히는 사람이다. 쓰는 사람의 어둑한 영혼과 굳은 몸을 돌볼 수 있는 건 땅과 식물의 푸른 기운, 그리고 조용한 생활일 터. 책을 펼치면 몽크스 하우스를 거니는 버지니아 울프와 정원을 돌보는 레너드 울프의 시간이 온다. 과거에서 현재로, 현재에서 과거로 우리는 작은 벌처럼 날아다닐 수 있다. 벌의 비행을 두고 사색하는 울프의 모습을 볼 수 있다.

"벌들이 붕 소리를 쏜다. 욕망의 화살처럼. 격렬하고 관능적이다. 허공에 실뜨기를 한다. 실 가닥마다 붕 하는 소리 하나씩. 온통 떨리는 대기."

작가는 몽크스 하우스의 현재 모습과 울프가 남긴 기록을 교차해 보여주며, 울프 부부의 생활을 상상하게 한다. 이곳에서 먹고 자고 일하고 사람을 만나던 그들의 핍진한 생활을 불러온다. 이야기의 중심은 언제나 정원이다. 정원을 둘러싼 그들의 일상과 소요자로서의 시간을 보여준다.

보라. 침실에서 나와 정원을 가로지르는, 새로 지은 집필실(오두막)을 향해 걸어가는 울프의 가벼운 몸짓! "[내일은] 붉은 장미의 향기를 맡을 거예요. 잔디밭을 부드럽게 가로질러 가서는(저는 마치 머리 위에 계란이 든 바구니를 올려놓은 듯 걷는답니다) 담배에 불을 붙이고 집필대를 무릎 위에 놓는 거죠. 그러고는 잠수부처럼 어제 쓴 마지막 문장을 향해 아주 조심스레 내려갈 거예요."

그에게 정원은 숲으로 이루어진 바다, 글을 쓰기 위해 들어가 잠그면 누구도 열지 못하는 초록 문이었을까. 당신은 이상한 여행을 하게 될 것이다. "여기 꽃들이 전부 피어나고 있어. 우린 아침으로 배를 먹어." 울프의 목소리로 가득 찬 곳으로.

— 박연준(시인)

버지니아 울프의 정원
Virginia Woolf's Garden

초판 1쇄 발행 2020년 11월 20일
초판 5쇄 발행 2024년 2월 20일
지은이 캐럴라인 줍
옮긴이 메이

발행인 박지홍
발행처 봄날의책
등록 제311-2012-000076호 (2012년 12월 26일)
서울 종로구 창덕궁4길 4-1 401호 (원서동 4층)
전화 070-4090-2193 E-mail springdaysbook@gmail.com

기획·편집 박지홍
디자인 공미경
인쇄·제책 한영문화사

ISBN 979-11-86372-82-1 03840

* 값은 뒤표지에 표시되어 있습니다.